Louis Ducos du Hauron

Les couleurs en photographie

Solution du problème

Antigonos

Louis Ducos du Hauron

Les couleurs en photographie

Solution du problème

Réimpression inchangée de l'édition originale de 1869.

1ère édition 2024 | ISBN: 978-3-38608-554-0

Antigonos Verlag est une marque de Outlook Verlagsgesellschaft mbH.

Verlag (Éditeur): Outlook Verlag GmbH, Zeilweg 44, 60439 Frankfurt, Deutschland
Vertretungsberechtigt (Représentant autorisé): E. Roepke, Zeilweg 44, 60439 Frankfurt, Deutschland
Druck (Imprimerie): Libri Plureos GmbH, Friedensallee 273, 22763 Hamburg, Deutschland

LES COULEURS

EN PHOTOGRAPHIE

LES COULEURS

EN PHOTOGRAPHIE

Solution du Problème

PAR

LOUIS DUCOS DU HAURON

1869

PARIS

A. MARION, ÉDITEUR

16, Cité Bergère

LES COULEURS

PHOTOGRAPHIE.

CHAPITRE Ier.

Définition du Problème.

Forcer le soleil à peindre avec des couleurs toutes faites qu'on lui présente, tel est le problème que j'ai conçu et que j'ai résolu.

Mon procédé, qui constitue, on le verra bientôt, un procédé *indirect*, sera probablement jugé le seul pratique, ou pour le moins le plus pratique entre ceux que l'avenir peut tenir en réserve.

J'ai lieu de le présumer, il en sera de l'héliochromie comme de la photographie ordinaire : on n'aura fait entrer l'une et l'autre dans leur voie véritable qu'à la condition de modifier les termes des deux problèmes qu'elles offraient à résoudre, et qu'on avait mal posés tout d'abord.

Quel était, pour la photographie ordinaire, le problème primitif? Il consistait à obtenir *directement* des images positives : Daguerre fut assez heureux pour le résoudre. Mais bientôt l'expérience démontra que les moyens *indirects*, ceux-là mêmes auxquels personne n'avait songé d'abord, devaient donner des résultats bien préférables : grâce aux moyens indirects, la photographie sur papier et sur verre s'est partout substituée à la plaque daguerrienne. Chacun sait,

en effet, qu'aujourd'hui le seul procédé usuel en photographie
se résume dans la formation d'images *positives* par l'intermédiaire d'images *négatives*. On a donc obtenu de la nature, par des moyens détournés, beaucoup mieux qu'on n'en
avait obtenu par des procédés qui semblaient aller droit au
but, et que dans l'origine on avait jugés les seuls pratiques.

De même en sera-t-il vraisemblablement pour l'héliochromie. Quel a été, en ce qui la concerne, le problème posé
jusqu'à présent? Il peut se résumer en ces mots : trouver
une substance unique douée de la propriété de subir sous
l'influence de la lumière une modification analogue à celle des
rayons simples ou composés qui la frappent, c'est-à-dire une
substance qui, exposée à la lumière rouge, devienne rouge;
exposée à la lumière verte, devienne verte; à la lumière
blanche, devienne blanche, etc.

Un tel problème, que j'appellerai la recherche du *procédé
direct de l'héliochromie* (parce que, dans ce procédé, le soleil
doit faire naître directement les couleurs sur la surface sensibilisée), a donné lieu aux admirables travaux de MM. Bec-
querel, Niepce de St-Victor, Poitevin, etc. Si opiniâtres
qu'aient pu être et que soient jamais les efforts tentés pour
le résoudre, sera-t-il jamais pleinement résolu? Les images
obtenues par ce procédé reproduiront-elles jamais, d'une
manière absolument identique, et surtout conserveront-elles
inaltérablement fixées les nuances innombrables des rayons
lumineux qui les auront engendrées? Il est permis d'en dou-
ter pour de graves raisons qu'il serait superflu de mention-
ner ici.

Frappé des difficultés, probablement insurmontables, de
la méthode suivie par ces explorateurs, je me suis demandé
si, pour l'héliochromie comme pour la photographie ordinaire, la nature n'accorderait pas à des moyens indirects ce
qu'elle refuse aux moyens directs, ou ce qu'elle ne leur ac-
corde que dans une mesure comparativement restreinte. Dès
lors, j'ai été amené à poser le problème dans les termes suivants :

Au lieu de confier au soleil le soin d'engendrer les couleurs, ne pourrait-on pas le charger simplement de les dis-
tribuer? Au lieu de chercher une préparation unique, qui

absorbe en quelque sorte et qui garde en chaque point de
sa surface les colorations des rayons qui la frappent, ne
pourrait-on pas soumettre à l'action de la lumière une préparation multiple et polychrome, ou du moins renfermant
virtuellement toutes les nuances possibles, laquelle, composée exclusivement de couleurs déjà connues et fournies par
l'industrie, serait uniformément étendue sur tous les points
de la surface photogénique, dans des conditions telles que
sous chacun des rayons simples ou composés qui viennent la
frapper se fixât la couleur simple ou composée correspondante, les autres couleurs étant éliminées sous ce même rayon?

Le problème, formulé de la sorte, semble tout d'abord
formidable de complication. Malgré sa complexité très-réelle,
il peut cependant se ramener à des termes moins découra-
geants, et voici comment je m'en suis rendu maître :

J'ai appelé à mon aide un principe de physique fort connu.
Ce principe est celui en vertu duquel les couleurs simples
se réduisent à trois, le rouge, le jaune et le bleu, dont les
combinaisons en diverses proportions. produisent l'infinie
variété des nuances de la nature.

Partant de cette donnée, je me suis dit :

« Si je décompose en trois tableaux distincts, l'un rouge,
l'autre jaune, l'autre bleu, le tableau en apparence unique,
mais triple en réalité quant à la couleur, qui nous est offert
par la nature, et si de chacun de ces trois tableaux j'obtiens
une image photographique séparée qui en reproduise la
couleur spéciale, il me suffira de confondre ensuite en une
seule image les trois images ainsi obtenues pour jouir de la
représentation exacte de la nature, couleur et modelé tout
ensemble. »

L'intéressant phénomène que ce raisonnement m'avait
fait pressentir, l'expérience m'en a démontré la réalité : je
l'ai réalisé en diverses manières et sous différentes formes.

Mais j'ai hâte de reconnaître que, sous certains rapports,
les résultats ont laissé quelque chose à désirer.

Pour arriver à la perfection du procédé, à sa forme la
plus pratique, il m'a fallu franchir toute une étape de plus,
remanier une dernière fois les termes du problème.

En effet, je n'ai pas tardé à m'apercevoir qu'au lieu de

former trois images, l'une rouge, l'autre jaune, la troisième bleue, identiques aux trois tableaux que la nature nous montre confondus en un seul, on a tout avantage (ce qui va paraître de prime-abord inexplicable et absurde) à obtenir trois images, rouge, jaune et bleue, non identiques, quant à la distribution de ces trois couleurs, aux trois tableaux d'où elles émanent, et engendrées chacune, non point par les rayons du tableau de la couleur correspondante, mais par les rayons des deux autres tableaux.

A la méthode directe, et en apparence la seule possible, j'ai dû préférer un procédé que j'appellerai *Procédé d'interversion ou indirect*, et que, d'emblée, je n'avais pas même soupçonné.

Ainsi donc, chose digne de remarque, de même que mon héliochromie, comparée à celle qui l'a précédée, est une héliochromie indirecte, et que de plus elle lui est supérieure quant aux résultats pratiques ; de même dans mon héliochromie il existe deux procédés, dont l'un indirect par rapport à l'autre, a aussi sur ce dernier, comme résultats pratiques, et j'ajouterai comme beauté et fidélité de la représentation de la nature, une supériorité incontestable (1).

(1) Quand on aura lu attentivement ce mémoire en son entier, on reconnaîtra que dans le procédé décrit au chapitre 4ᵉ, et qui constitue le procédé direct, les trois images, rouge, jaune et bleue, qu'on obtient et qu'on superpose, sont identiques aux trois tableaux dont la nature nous donne les trois sensations confondues en une seule, et que de plus chacune de ces trois images est obtenue par le passage exclusif, *ou tamisage*, des rayons de la couleur simple correspondante à travers un milieu de cette même couleur.

Les choses ne s'accomplissent pas ainsi dans la méthode d'interversion qui est la plus perfectionnée. Les trois images, rouge, jaune et bleue, y diffèrent essentiellement de celles obtenues par la méthode directe. En effet, les noirs, au lieu d'être représentés sur chacune des trois images par l'absence de toute couleur, sont représentés, sur la première image par du rouge, sur la seconde image par du jaune, sur la troisième par du bleu ; et ces trois couleurs, toutes trois d'une nature transparente, forment le noir, en s'éteignant mutuellement par leur superposition sur un fond blanc. Pour ce qui est des blancs, au lieu d'être représentés sur la première image par du rouge, sur la seconde par du jaune, sur la troisième par du bleu, ils correspondent, sur chaque image, à l'absence de toute couleur, en telle sorte que, dans la superposition des trois images, le fond blanc reste à découvert. De plus, chacune des images, au lieu d'être obtenue par un tamisage des rayons de la couleur simple correspondante à travers un milieu de cette même couleur, est obtenue par un tamisage des rayons des deux autres couleurs à travers un milieu de la couleur binaire complémentaire de la sienne, c'est-à-dire opposée à la sienne.

Pour clore cet exposé d'ensemble, il ne me reste plus qu'à donner la formule définitive du nouvel art que je propose; cette formule, qui comprend à la fois le procédé indirect ou d'interversion et le procédé direct, peut, d'après ce qui a été dit plus haut, se ramener aux termes suivants :

Obtenir, par des préparations déjà connues en photographie, et avec l'interposition de trois milieux colorés, trois épreuves monochromes, l'une rouge, l'autre jaune, la troisième bleue, et former ensuite, par la superposition ou l'incorporation de ces trois épreuves, une épreuve unique dans laquelle se trouvent reproduits à la fois la couleur et le modelé de la nature.

CHAPITRE II.

Exposé théorique du Procédé indirect, ou d'interversion.

Supposons trois feuilles ou pellicules incolores et parfaitement transparentes. Supposons-les recouvertes ou enduites, la première, d'une préparation photogénique rouge; la seconde, d'une préparation photogénique jaune; la troisième, d'une préparation photogénique bleue, ces trois préparations susceptibles de devenir incolores ou de s'éliminer par l'action de la lumière, et de donner en conséquence trois épreuves monochromes, l'une rouge, la seconde jaune, la troisième bleue. Supposons enfin que ces trois couleurs soient elles-mêmes d'une nature transparente, comme les pellicules qui leur servent de support. Les trois épreuves qu'on obtiendra dans ces conditions devront à la transparence de la matière dont elles sont formées la double propriété : 1° de devenir invisibles si on les place sur un fond noir; 2° d'être visibles, au contraire, si on les place sur un fond blanc : elles apparaîtront sur ce fond blanc comme trois épreuves, sur chacune desquelles les clairs du modèle seront représentés par du blanc, tandis que les ombres seront représentées, dans l'une par du rouge, dans l'autre par du jaune et dans la troisième par du bleu.

Imaginons que les épreuves dont il s'agit, formées toutes les trois à la lumière blanche, c'est-à-dire à la lumière ordinaire du jour, soient celles d'un même sujet : qu'arrivera-t-il, si nous les confondons en une seule, soit en les superposant exactement, soit en les incorporant les unes dans les autres, et si, de plus, nous appliquons cette triple épreuve sur un fond blanc? On verra apparaître, par le fait même de cette superposition ou de cette incorporation, une image dans laquelle nos trois couleurs, s'éteignant réciproquement, par suite de leur nature transparente, sur ce fond blanc qui a la propriété de les réfléchir toutes à la fois, formeront une épreuve photographique ordinaire, c'est-à-dire une épreuve positive où il n'y aura que du blanc, du gris et du noir.

Mais si, au lieu d'obtenir les trois épreuves à une même lumière, à la lumière blanche, nous les obtenons avec l'interposition de trois verres de différentes couleurs, les choses se passeront d'une toute autre manière : d'une part, il est vrai, pour ce qui concerne les ombres, elles répondront comme précédemment, sur chacune des trois épreuves, aux ombres du sujet original; mais, d'autre part, les couleurs de ces épreuves, en tant qu'elles représenteront non plus les ombres, mais les couleurs locales de la nature, seront très-diversement distribuées d'une épreuve à l'autre; de sorte que l'image obtenue par la triple superposition sera non-seulement *ombrée*, mais *polychrome*, et que, si les verres colorés qui ont servi à obtenir les épreuves sont de certaines nuances voulues, cette image reproduira les nuances mêmes du modèle.

Voici comment ce dernier résultat va être atteint :

Recevons sur la pellicule destinée à fournir l'épreuve rouge l'image de la chambre obscure, et plaçons devant l'objectif un verre de couleur verte. Comme le jaune et le bleu sont les seules des trois couleurs simples que ce verre laisse passer, on obtiendra une épreuve positive rouge, sur laquelle la lumière jaune et la lumière bleue émanées des objets extérieurs auront seules formé leur empreinte; or, cette empreinte étant constituée sur la pellicule par l'absence de couleur rouge se manifestera, l'épreuve une fois placée sur un fond blanc, par des blancs et des demi-teintes, suivant l'exacte proportion dans laquelle les deux lumières dont il s'agit seront émises par chaque point des surfaces des objets reproduits. Quant au rouge, la seule couleur simple qui soit interceptée par le verre de couleur verte, il sera, sur cette épreuve, représenté de la même manière que les ombres, c'est-à-dire par du rouge. Sur tous les points où le rouge de l'épreuve représente les ombres, il sera proportionnel à leur intensité; sur tous ceux où il représente le rouge, il sera d'autant plus intense que dans la nature le rouge sera plus *isolé*, c'est-à-dire plus exempt du mélange des deux autres couleurs simples.

Recevons en second lieu l'image de la chambre obscure sur la pellicule destinée à fournir l'épreuve jaune, et plaçons devant l'objectif un verre violet. Comme ce verre laisse passer le rouge et le bleu, et qu'il intercepte le jaune, on obtiendra, par les mêmes raisons, sur cette épreuve jaune : 1° une empreinte proportionnelle, en blanc et en demi-teintes, de la lumière rouge et de la lumière bleue émanées des objets extérieurs; 2° une représentation proportionnelle par du jaune, non-seulement des ombres, mais du jaune lui-même.

Recevons en troisième lieu l'image de la chambre obscure sur la pellicule destinée à fournir l'épreuve bleue, et plaçons devant l'objectif un verre orangé. Comme ce verre laisse passer le rouge et le jaune, et qu'il intercepte le bleu, on obtiendra, toujours par les mêmes raisons, sur cette épreuve bleue : 1° une empreinte proportionnelle en blanc et en demi-teintes, de la lumière rouge et de la lumière jaune émanées des objets extérieurs; 2° une représentation proportionnelle par du bleu, non-seulement des ombres, mais du bleu lui-même.

Or, supposons que l'on confonde ces trois épreuves en une seule, soit en les incorporant les unes dans les autres, soit en les superposant exactement, et que de plus on applique cette triple épreuve sur un fond blanc; on verra apparaître, par le fait même de cette incorporation ou de cette superposition, une image présentant non-seulement les couleurs simples, mais les couleurs composées et toutes les oppositions d'ombre et de lumière de la nature.

En effet, sur ce fond blanc, qui a la propriété de réfléchir les trois couleurs simples, celles-ci, en se mélangeant deux à deux en diverses proportions, produiront les couleurs binaires, c'est-à-dire les orangés, les verts et les violets, et, en se mélangeant toutes les trois en différentes proportions, s'éteindront partiellement ou totalement, et produiront les ombres, c'est-à-dire les gris, les couleurs foncées, les bruns et le noir.

Cet important résultat est dû à un ensemble de phénomènes d'optique assez compliqués : il est de ceux dont on ne peut se rendre un compte exact que par une analyse attentive de faits spéciaux, dont les lois jusqu'à ce jour n'ont jamais été définies. Cette analyse, nous allons l'essayer; les lois de ces phénomènes, nous allons en ébaucher la formule. Malgré l'intérêt théorique inhérent à cette double tentative, peut-être aurions-nous reculé devant une pareille tâche si nous n'avions pensé venir en aide aux praticiens qui voudraient nous suivre dans cette nouvelle voie de la photographie. Nous souhaitons en effet que, par un examen raisonné de notre méthode, ils soient mis à même de s'expliquer en détail et de diriger en pleine connaissance de cause le travail de décoloration que les trois épreuves, chacune en ce qui la concerne, doivent subir avant de constituer, réunies en une seule, la reproduction fidèle du sujet original.

Ceux de nos lecteurs qui ne seraient stimulés ni par un goût réel pour une recherche de ce genre, ni par le désir d'expérimenter notre système d'héliochromie, peuvent franchir impunément les pages consacrées à cette analyse de faits jusqu'à présent inexplorés et à cette définition de lois encore inédites.

Les lois qui vont être formulées seront groupées, pour en faciliter l'étude, en trois sections différentes, selon qu'elles régissent, sur chacune des trois épreuves : 1° la représentation des couleurs simples; 2° la représentation des couleurs binaires; 3° la représentation des couleurs ternaires. Quand nous aurons étudié séparément chacune de ces représentations, la synthèse, c'est-à-dire l'idée collective du phénomène produit par l'unification des trois épreuves, se fera pour ainsi dire d'elle-même.

§ 1ᵉʳ.—Lois qui régissent, sur chacune des trois épreuves, la représentation des couleurs simples.

1ʳᵉ Loi. — *Chaque couleur simple, isolée, émise par la nature, sera représentée sur les points correspondants de l'épreuve de la même couleur.*

En effet, chaque couleur simple est interceptée par le verre qui doit fournir l'épreuve de cette même couleur : il en résulte qu'une couleur simple quelconque ne parviendra pas sur l'épreuve de même couleur, et que dès lors la matière colorante de cette épreuve restera. Quant aux deux autres couleurs simples, puisque nous les supposons absentes du modèle sur les points dont nous nous occupons, il est bien évident qu'elles ne feront rien disparaître de cette même matière colorante.

2ᵉ Loi. — *Chaque couleur simple, isolée, en si faible quantité qu'elle soit émise, sera toujours représentée, sur les points correspondants de l'épreuve de même couleur, par une quantité de matière colorante aussi forte que possible, et conséquemment toujours égale.*

En effet, que cette couleur soit en grande ou en faible quantité sur le modèle, le résultat de son interception par le verre de couleur complémentaire sera toujours le même : elle se traduira toujours, ainsi que le noir, qui est l'absence de toute couleur, par le maximum de quantité de la matière colorante.

3ᵉ Loi. — *Si une couleur simple, isolée, atteint dans la nature le maximum de quantité dont elle est susceptible, elle agira fortement, aux endroits voulus, sur la préparation des deux épreuves qui ne lui correspondent point par leur couleur, et par suite elles perdront l'une et l'autre, en ces mêmes endroits, la presque totalité de leur coloration: si, au contraire, la couleur simple, isolée, dont il s'agit, n'existe sur le modèle qu'en faible quantité, ces deux épreuves conserveront l'une et l'autre une forte quantité de matière colorante, qui sera d'autant plus forte que la couleur simple dont il s'agit sera en moindre quantité.*

Pour se rendre un compte exact des phénomènes résumés par cet énoncé, il est utile d'entrer dans certaines précisions, aussi délicates que curieuses. Entrons-y résolûment :

Une épreuve quelconque se trouve nécessairement placée dans l'une ou l'autre des conditions suivantes : ou elle ne reçoit aucune couleur par l'intermédiaire du verre coloré, ou elle reçoit simultanément deux couleurs simples, ou elle reçoit une seule couleur simple.

Le premier cas, celui où une épreuve ne reçoit aucune couleur, se réalise : 1° Quand la nature n'émet qu'une couleur simple, isolée, qui se trouve être justement celle que le verre coloré de l'épreuve dont il s'agit a le pouvoir d'intercepter; cette hypothèse vient d'être examinée (2ᵉ loi ci-dessus);

2° quand la nature n'émet aucune couleur, ce qui a lieu pour tout objet d'un noir absolu.

Le second cas, celui où une même épreuve reçoit simultanément deux couleurs, se réalise notamment quand *le blanc* se trouve émis par la nature. En effet, le blanc n'est autre chose que la réunion des trois couleurs simples, émises toutes les trois dans la plus grande quantité dont chacune d'elles soit susceptible. Par suite de cette triple émission, une épreuve quelconque reçoit, à elle seule, deux des couleurs composantes du blanc. Ainsi, par exemple, l'épreuve jaune, qui se forme avec le verre violet, reçoit le rouge et le bleu : le rouge, qui a traversé l'élément rouge de ce verre violet, et le bleu, qui en a traversé l'élément bleu.

Le troisième cas, celui où une épreuve reçoit une seule couleur simple, se réalise dans l'hypothèse que nous analysons en ce moment : l'hypothèse d'une couleur simple, isolée, reçue par chacune des deux épreuves dont la couleur ne lui correspond point.

Cela posé, il importe de remarquer qu'une épreuve quelconque, qu'elle se trouve placée dans le second cas ou dans le troisième, ne recevra que la moitié de toute couleur simple qui arrive jusqu'à elle. Ainsi, dans l'exemple choisi pour le second cas, l'épreuve jaune reçoit seulement la moitié du rouge et la moitié du bleu. En effet, le rouge a été intercepté par l'élément bleu du verre violet, tandis que l'élément rouge de ce même verre l'a laissé passer; le bleu a été intercepté par l'élément rouge, tandis que l'élément bleu l'a laissé passer. Il en est de même dans le troisième cas, celui où l'épreuve ne reçoit qu'une seule couleur simple : cette couleur, interceptée par l'un des deux éléments du verre coloré de cette épreuve, et non interceptée par le second élément de ce même verre, n'arrivera conséquemment sur l'épreuve qu'avec une réduction de moitié sur la quantité où elle est émise par la nature.

Nous venons de voir ce qu'il y a de commun entre le deuxième et le troisième cas. Voici maintenant en quoi ils diffèrent l'un de l'autre :

Dans le deuxième cas, celui où deux couleurs sont reçues par une même épreuve, ces deux couleurs, réduites chacune de moitié, constituent à elles deux *un entier de couleur*, si nous les supposons émises l'une et l'autre à leur maximum : c'est donc cet entier de couleur qui agira sur l'épreuve. Dans le troisième cas, celui où une seule couleur est reçue par une épreuve, cette couleur, réduite de moitié, ne constituera, dans son action sur l'épreuve, qu'*une demi-unité* de couleur, à supposer toujours qu'elle soit émise à son maximum.

Il est facile de déduire, du moins en théorie, les conséquences de cette différence :

Continuons en effet de supposer que les deux couleurs qui sont reçues par l'épreuve dans le second cas soient émises par la nature à leur maximum de quantité; ce qui a lieu lorsqu'elles concourent, avec la troisième couleur, à former *le blanc*.

Ces deux couleurs constituant, dans leur action sur l'épreuve, *une unité de couleur*, accompliront, ce semble, deux fois plus de travail sur cette épreuve qu'une couleur simple, isolée, n'en pourrait accomplir avec la même durée de pose, puisqu'une couleur simple ne constitue, dans son action sur une épreuve, qu'*une demi-unité de couleur*.

Et de tout ce qui précède il paraît logique de conclure que le blanc fera disparaître en entier la matière colorante d'une épreuve, dans le même temps où une couleur simple, isolée, émise au maximum, n'en fera disparaître qu'une moitié.

Hâtons-nous de le dire, cette proportion, qui est exacte en théorie, cesse de l'être dans la réalité des faits, en ce sens que le résultat de l'action d'une couleur simple, isolée, sur la matière colorante d'une épreuve, dépasse très-notablement celui que le raisonnement lui attribue. Ainsi, pendant la durée de pose où le blanc fait disparaître toute la coloration d'une épreuve, ce n'est pas seulement la moitié de cette coloration qui disparaîtra sous l'action d'une couleur simple, isolée, émise en grande quantité, mais bien la presque totalité. L'expérience n'a cessé de me le démontrer. Cette décoloration presque totale tient sans doute à ce que le travail accompli par la lumière sur une préparation photogénique n'augmente pas proportionnellement à la durée de l'action lumineuse, mais se fait avec plus de rapidité au début de cette action que par la suite; de telle sorte qu'avec une pose nécessaire pour qu'un entier de couleur décolore complètement la préparation, une demi-unité de couleur, qui exigerait une pose double pour décolorer complètement cette préparation, la décolore bien au-delà de moitié. Ainsi donc, la nature (que notre analyse n'a pas d'ailleurs la prétention de scruter dans ses dernières profondeurs), combine les choses au mieux pour une reproduction fidèle de l'original.

Ajoutons qu'il suffira d'un léger excès de pose pour faire disparaître la totalité de la matière colorante.

§ 2°. Lois qui régissent, sur chacune des trois épreuves, la représentation des couleurs binaires.

Dans ce mémoire, nous entendons par *couleur binaire* chaque couleur résultant de l'émission simultanée, à proportions égales ou inégales, de deux des trois couleurs simples.

1re Loi.—*Chaque couleur binaire, isolée, du modèle, sera représentée, dans ses deux éléments constitutifs, sur les points correspondants des deux épreuves qui leur correspondent.*

En effet, chacune des deux couleurs composantes d'une couleur binaire étant interceptée par le verre coloré qui doit fournir l'épreuve de cette même composante, aucune des deux composantes ne parviendra sur la préparation de l'épreuve dont la couleur lui correspond, et ne contribuera conséquemment à la décoloration de cette épreuve; en revanche, l'autre composante, n'étant pas interceptée par ce même verre coloré, fera disparaître de cette même épreuve une certaine quantité de matière colorante, dont la détermination résultera des lois ci-après. Conséquemment les deux épreuves, considérées dans leur ensemble, représenteront par le restant de matière colorante qui se trouve sur chacune d'elles après l'opération, la couleur binaire dont il s'agit.

Prenons l'exemple du *vert*, isolé, couleur binaire constituée par le jaune et par le bleu. Le vert émis dans la nature sera représenté, sur les points correspondants de l'épreuve jaune et de l'épreuve bleue, par une partie de la matière colorante qui se trouvait sur chacune de ces deux épreuves avant l'action de la lumière. Car voici ce qui se passera sur chacune d'elles :

L'épreuve jaune, à raison de l'interposition du verre violet, qui est celui qui lui correspond, ne recevra pas le jaune contenu dans le vert, le jaune étant complétement intercepté par le verre violet; mais l'épreuve jaune recevra en partie l'autre couleur composante du vert, c'est-à-dire le bleu, qui traversera l'élément bleu du verre violet. Quant à l'épreuve bleue, à raison de l'interposition du verre orangé, qui est celui qui lui correspond, elle ne recevra pas le bleu contenu dans la couleur verte, le bleu étant complétement intercepté par le verre orangé; mais l'épreuve bleue recevra en partie l'autre couleur composante du vert, c'est-à-dire le jaune, qui traversera l'élément jaune du verre orangé. Par suite, le bleu fera disparaître une partie de la coloration de l'épreuve jaune, et le jaune fera disparaître une partie de la coloration de l'épreuve bleue. L'épreuve jaune et l'épreuve bleue, considérées dans leur ensemble, représenteront donc, par le restant de matière colorante qui se trouve sur chacune d'elles après l'opération, la couleur binaire à laquelle elles correspondent, c'est-à-dire le vert émis par la nature.

Pour ce qui est de la troisième couleur simple (le rouge, dans notre exemple), puisque nous la supposons absente du modèle sur les points dont nous nous occupons, il est bien évident que, sur les points correspondants des deux épreuves dont il s'agit, elle ne produira aucune décoloration.

2ᵉ Loi. — *En quelque quantité, faible ou forte, que soit émise une couleur binaire, isolée, elle sera toujours représentée, aux endroits voulus, sur l'ensemble des deux épreuves correspondantes, par une forte quantité de matière colorante, dont le minimum est sensiblement égal à la quantité de matière colorante qui se trouvait sur l'une des épreuves avant l'action de la lumière, et dont le maximum peut se rapprocher indéfiniment de la somme des quantités de matières colorantes qui se trouvaient sur les deux épreuves, sans toutefois atteindre jamais cette somme.*

Pour l'intelligence de cette loi, il importe, en premier lieu, de remarquer que, dans un ensemble d'objets éclairés par une égale lumière, une couleur binaire, isolée, si intense qu'on la suppose, n'est point constituée par deux couleurs simples émises l'une et l'autre en totalité; ainsi, par exemple, la couleur verte, isolée, n'est jamais constituée dans la nature par la plus grande quantité de jaune réunie à la plus grande quantité de bleu; mais le jaune et le bleu qui la constituent ne dépasseront pas à eux deux, quelles que soient leurs proportions relatives, la quantité qui peut appartenir à une couleur simple isolée; en d'autres termes, ils ne formeront pas, à eux deux, une quantité supérieure à ce que nous avons appelé plus haut *une unité de couleur* (explication de la 3e loi des couleurs simples) : si leur somme pouvait dépasser cette unité, l'harmonie serait rompue entre les diverses couleurs de la nature.

Il faut, en second lieu, ne point oublier que chacune des deux composantes d'une couleur binaire agit seule sur l'épreuve soumise à son action, l'autre composante étant complétement interceptée.

Il faut enfin se rappeler ce qui a été dit plus haut au sujet de toute épreuve qui subit l'action d'une seule couleur simple : on a vu que cette couleur simple, fût-elle émise à son maximum, interceptée qu'elle est pour moitié par l'un des deux éléments du verre coloré, ne pourra agir, à elle seule, sur l'épreuve avec autant d'énergie que le pourrait faire *une unité de couleur* résultant de l'action simultanée de deux couleurs émises l'une et l'autre en totalité et réduites l'une et l'autre de moitié par la demi-interception qu'elles subissent; mais que, nonobstant cette infériorité d'énergie, cette seule couleur, si nous la supposons émise à son maximum, fera disparaître, dans une durée de pose normale, la presque totalité de la matière colorante de l'épreuve.

Or, s'il est certain, d'une part, que la somme des deux composantes d'une couleur binaire, émise à son maximum, n'est point supérieure à la quantité d'une couleur simple pareillement émise à son maximum, et, d'autre part, que chacune de ces deux composantes agit seule sur l'épreuve soumise à son action, il faut en conclure que la somme des deux actions exercées par ces deux mêmes composantes sur l'ensemble des deux épreuves qui correspondent à la couleur binaire, égalera sensiblement, dans ses résultats, l'action qui serait exercée sur une seule épreuve par une couleur simple, isolée, émise à son maximum; conséquemment, dans une durée de pose normale, la quantité de matière colorante que les deux composantes en question feront disparaître de l'ensemble des deux épreuves sera sensiblement égale à la totalité de la matière colorante qui se trouvait sur une épreuve; ce qui revient à dire qu'il restera, sur l'ensemble des deux épreuves, conformément à l'énoncé de notre deuxième loi, un minimum de matière colorante sensiblement égal à la quantité qu'il y avait sur l'une des épreuves avant l'action de la lumière.

Nous venons de raisonner pour le cas où la couleur binaire est émise à son maximum. Supposons-la émise en quantité moindre : plus sera faible la quantité de couleur binaire émise, plus, sur l'ensemble des deux épreuves correspondantes, se conservera la matière colorante; en telle sorte que, s'il n'y a presque point de couleur binaire émise, la quantité de matière colorante conservée se rapprochera indéfiniment de la somme des quantités de matières colorantes qui se trouvent sur deux épreuves quelconques avant l'action de la lumière. Mais elle n'atteindra jamais complétement cette somme, par la raison que chacune des composantes agissant sur celle des épreuves qui correspond par sa couleur à l'autre composante, aucune de ces deux épreuves ne conservera jamais la totalité de sa coloration.

On verra, par la quatrième loi ci-après, quelle est sur la quantité de matière disparue la part de déperdition que subit chacune des deux épreuves, suivant que telle ou telle des couleurs composantes prédomine dans le modèle.

3e Loi. — *Chaque couleur binaire, isolée, considérée indépendamment des proportions relatives des deux éléments qui la constituent, sera représentée, sur l'ensemble des deux épreuves correspondantes, par une quantité de matière colorante d'autant plus forte qu'elle sera émise dans la nature en plus faible quantité, et qui se graduera entre le minimum et le maximum déterminés par la loi précédente.*

Cette quatrième loi se lie intimement à la troisième : l'explication qui vient d'être faite de cette dernière sert évidemment pour toutes les deux.

4e Loi. — *Chacune des deux couleurs simples composan-*

tes d'une couleur binaire sera représentée, dans sa proportion par rapport à l'autre composante, sur les points correspondants de celle des deux épreuves dont la couleur lui correspond.

En effet, le même verre coloré qui intercepte l'une des deux composantes d'une couleur binaire laisse toujours passer la seconde composante. Il en résulte que si l'épreuve qui correspond par sa couleur à la première composante ne peut perdre, par l'action de celle-ci, aucune partie de sa coloration, puisque cette composante est complétement interceptée, du moins elle perdra une partie de sa coloration par l'action de l'autre couleur composante, laquelle n'est nullement interceptée, et elle perdra, par cette action, une partie d'autant plus forte de sa matière colorante que cette seconde couleur existera en plus forte proportion par rapport à la première dans la couleur binaire du modèle; d'où la conséquence que l'épreuve dont il s'agit conservera une partie d'autant plus forte de sa matière colorante que la couleur composante à laquelle elle correspond existera en plus forte proportion par rapport à l'autre composante dans la couleur binaire du modèle : ce qui justifie l'énoncé de la présente loi.

5e Loi. — *Si une couleur binaire, isolée, atteint dans la nature le maximum de quantité dont elle est susceptible, elle agira fortement, aux endroits voulus, sur la préparation de celle des trois épreuves dont la couleur ne correspond à aucune de ses couleurs composantes, et par suite cette troisième épreuve perdra, en ces mêmes endroits, la presque totalité de sa coloration : si, au contraire, la couleur binaire isolée dont il s'agit n'existe sur le modèle qu'en faible quantité, cette troisième épreuve conservera une forte quantité de matière colorante, qui sera d'autant plus forte que la couleur binaire dont il s'agit sera en moindre quantité.*

Pour se rendre compte de cette loi, il importe d'observer que celle des trois épreuves dont la couleur ne correspond à aucune des deux composantes de la couleur binaire, isolée, reçoit, à travers son verre coloré, non pas seulement l'une de ces deux composantes, mais toutes les deux. Supposons, par exemple, que la couleur binaire, isolée, émise par la nature, soit la couleur verte : l'épreuve rouge, qui est celle des trois épreuves dont la couleur ne correspond ni au jaune ni au bleu, c'est-à-dire à aucune des deux composantes de la couleur verte, ne recevra pas seulement, à travers son verre coloré, qui est justement le verre de la couleur verte, l'une des deux composantes, mais bien toutes les deux, le jaune et le bleu.

Or, comme la somme des deux composantes d'une couleur binaire, isolée, émise à son maximum, n'est jamais supérieure à la quantité d'une couleur simple pareillement émise à son maximum, les deux composantes, reçues il est vrai sur une même épreuve, mais avec une réduction de moitié pour chacune d'elles, constitueront à elles deux sur cette épreuve, non point une unité de couleur comme feraient deux des trois couleurs simples composantes du blanc, mais seulement *une demi-unité de couleur;* elles accompliront donc, à elles deux, sur l'épreuve (l'épreuve rouge) le même travail de décoloration qu'accomplirait une seule couleur simple émise au maximum, c'est-à-dire le travail qui se trouve défini par la troisième loi des couleurs simples et expliqué dans l'analyse de cette loi.

Conséquemment aux termes de la loi que nous rappelons et de l'explication que nous en avons donnée, la couleur binaire dont nous nous occupons agira sur la troisième épreuve avec moins d'énergie que ne feraient deux couleurs simples émises chacune à leur maximum; mais, malgré cette infériorité d'énergie, elle déterminera, dans une durée de pose normale, la décoloration sinon absolue du moins presque complète de cette troisième épreuve.

Par contre, si la couleur binaire n'existe sur le modèle qu'en faible quantité, elle n'agira que faiblement sur la troisième épreuve, laquelle conservera d'autant plus sa coloration que la couleur binaire sera plus faible.

§ 3ᵉ. Lois qui régissent, sur chacune des trois épreuves, la représentation des couleurs ternaires.

Dans ce mémoire, nous entendons par *couleur ternaire* chaque couleur résultant de l'émission simultanée, en proportions égales ou inégales, des trois couleurs simples.

Que les proportions des trois éléments d'une couleur ternaire soient égales ou inégales, il y aura toujours ceci de commun entre les trois épreuves : 1° que, pour chacune d'elles, la couleur correspondante émise , par la nature sera totalement interceptée, et dès lors ne contribuera en rien à la disparition de sa matière colorante; 2° que chacune des trois épreuves subira l'action simultanée des deux couleurs qui ne lui correspondent pas, réduites l'une et l'autre de moitié par la demi-interception accomplie par le verre coloré qui doit fournir cette épreuve.

C'est là une double vérité qu'il importe de ne pas perdre un seul instant de vue dans l'examen des diverses lois qui vont suivre.

1re Loi. — *Si les proportions des trois couleurs' composantes de la couleur ternaire du modèle sont égales, chacune des trois couleurs composantes sera représentée, aux endroits voulus, sur l'épreuve correspondante, par une quantité de cette couleur d'autant plus faible que, dans la nature, cette même couleur est émise en plus grande quantité, et vice-versâ : le blanc, qui est la réunion, en proportions égales et dans la plus forte quantité, des trois couleurs simples, sera représenté, sur chacune des trois épreuves, par une absence complète de couleur, tandis que le noir, qui consiste dans l'absence complète de toute couleur, sera représenté, sur chacune des trois épreuves, par la plus forte quantité de matière colorante. Le gris, qui est intermédiaire entre le blanc et le noir, sera représenté, sur chacune des trois épreuves, par une quantité médiocre, et toujours égale d'une épreuve à l'autre, de matière colorante.*

En effet, pour ce qui est du blanc, chacune des trois couleurs simples qui le constituent sera, il est vrai, interceptée entièrement par le verre qui doit fournir l'épreuve de cette couleur, et dès lors elle ne contribuera en rien à la disparition de la matière colorante de cette épreuve; mais les deux autres couleurs simples, émises l'une et l'autre en aussi grande quantité que possible, et n'éprouvant l'une et l'autre qu'une réduction de moitié par la demi-interception que chacune d'elles subit, constitueront, à elles deux après cette réduction, *une unité de couleur*, et par suite détruiront complétement la coloration de l'épreuve dont il s'agit. Les deux autres épreuves, étant placées dans des conditions identiques, subiront une décoloration non moins complète.

Pour ce qui est du noir, comme il consiste dans l'absence absolue de toute couleur, il est évident que, sur chacun des points correspondants des trois épreuves, il se traduira par une conservation intégrale de la matière colorante.

Pour ce qui est du gris, qui est constitué, dans la nature, par les trois couleurs simples, émises en proportions égales mais en médiocre quantité, comme les deux composantes qui agissent sur une même épreuve ne sont émises l'une et l'autre qu'en médiocre quantité, et comme dès lors elles ne constituent à elles deux, après leur réduction respective de moitié, qu'une quantité de couleur inférieure à l'unité, elles laisseseront subsister sur cette épreuve une quantité médiocre de matière colorante, dont la proportion deviendra d'autant plus forte que le gris sera plus sombre, ou d'autant plus faible que le gris sera plus clair. Les deux autres épreuves, étant placées dans des conditions identiques, subiront exactement la même décoloration.

Par suite, l'énoncé de notre loi se trouve en entier justifié.

2ᵉ Loi. — *Dans le cas où les proportions des trois composantes de la couleur ternaire sont inégales, si l'on suppose qu'aucune des composantes ou du moins pas plus d'une ne soit émise à son maximum de quantité, elles seront toutes les trois représentées, aux endroits voulus, sur chacune des trois épreuves correspondantes, par une partie plus ou moins forte de la matière colorante primitive de chacune de ces trois épreuves, proportionnellement aux quantités relatives de ces trois composantes, et en raison directe de ces quantités.*

Demandons-nous d'abord comment seront respectivement représentées, sur leurs deux épreuves correspondantes et aux endroits voulus, deux des trois couleurs composantes d'une couleur ternaire, sans nous préoccuper de savoir comment, de son côté, la troisième couleur sera représentée sur la troisième épreuve. Nous reconnaîtrons sans peine que chacune de ces deux composantes sera représentée, sur l'épreuve qui lui correspond, par un reste de matière colorante d'autant plus fort, si on le compare à ce qui restera de matière colorante sur la seconde épreuve, que la composante dont il s'agit est émise dans une proportion plus forte par rapport à la seconde composante, *et vice-versâ*.

En effet, considérons, par exemple, le rouge et le bleu, sans nous occuper de la proportion dans laquelle la troisième composante, le jaune, sera représentée sur son épreuve. — La couleur rouge est totalement interceptée pour l'épreuve rouge, laquelle recevra la moitié du jaune et la moitié du bleu. La couleur bleue est totalement interceptée pour l'épreuve bleue, laquelle recevra la moitié du rouge et la moitié du jaune. Si le rouge est émis en plus grande quantité que le bleu, la moitié de ce rouge produira, coopérant avec la moitié du jaune, plus de décoloration sur l'épreuve bleue que la moitié du bleu, coopérant avec cette même moitié du jaune, quantité invariable dans les deux cas, ne produira de décoloration sur l'épreuve rouge. Par suite, plus, dans la nature, la quantité du rouge sera supérieure à la quantité du bleu, plus le restant de matière colorante sur l'épreuve rouge, après l'insolation, sera supérieur au restant de matière colorante sur l'épreuve bleue; et ces deux portions de matières colorantes seront toujours entr'elles comme les deux quantités de couleurs correspondantes émises par le modèle.

Or, le raisonnement que nous venons de faire pour deux composantes prises au hasard, et abstraction faite de la représentation de la troisième couleur sur la troisième épreuve, étant applicable à deux autres composantes quelconques, examinées de la même manière, il demeure démontré que la couleur ternaire tout entière sera représentée proportionnellement aux quantités relatives de ses trois éléments et en raison directe desdites quantités, par ce qui restera de matière colorante, après l'action de la lumière, sur chacune des trois épreuves qui correspondent respectivement aux trois couleurs composantes.

Si, parmi les trois composantes, il s'en trouve une émise à son maximum de quantité, notre 2e loi ne cesse pas de s'appliquer; mais si deux des trois composantes étaient émises à leur maximum, les choses se passeraient différemment, et l'on se trouverait dans le cas de la troisième loi, dont voici l'énoncé.

3ᵉ Loi. — *Toujours dans l'hypothèse où les proportions de la couleur ternaire sont inégales, si deux des composantes sont émises à leur maximum, elles seront représentées, sur l'ensemble des deux épreuves correspondantes, par un reste de matière colorante bien inférieur à celui qui représenterait une couleur binaire, isolée, émise à son maximum; et en outre il se produira un surcroît de décoloration d'autant plus grand que la troisième couleur sera émise en plus forte quantité; quant à cette troisième couleur, l'épreuve qui lui correspond perdra complétement sa coloration.*

Ainsi, par exemple, il existe dans la nature un *vert très-clair* (couleur binaire non isolée), qui est dû : 1° à l'émission de l'unité entière du jaune et de l'unité entière du bleu; 2° à l'émission d'une certaine quantité de rouge. Or, le vert dont il s'agit, loin d'être représenté sur les deux épreuves jaune et bleue par la totalité de leur matière colorante, y sera représenté par un reste de couleur bien inférieur à celui qui représenterait le vert, isolé, émis à son maximum; cette quantité déjà si réduite sera, en outre, d'autant plus affaiblie que le rouge contenu dans la couleur ternaire du modèle, et que nous supposons émis en certaine quantité, sera émis en quantité plus forte. Quant à ce rouge, l'épreuve qui lui correspond perdra en entier sa coloration.

Pour se rendre compte de cet ensemble de phénomènes, voici une distinction fondamentale qu'il importe d'établir tout d'abord :

A la différence des deux éléments d'une couleur binaire émise à son maximum, mais isolée, lesquels ne peuvent, par leur réunion, constituer qu'une quantité de couleur sensiblement égale à l'unité, les deux éléments d'une couleur binaire émise à son maximum dans une couleur ternaire constituent, chacun séparément, une quantité de couleur égale à l'unité; ce qui revient à dire que le maximum d'une couleur binaire isolée n'est que la moitié du maximum d'une couleur binaire comprise dans une couleur ternaire.

Cela posé, voici l'explication de notre troisième loi. Conservons l'exemple du vert très-clair :

Que se passera-t-il sur l'épreuve jaune et sur l'épreuve bleue, qui correspondent, on le sait, aux deux éléments de la couleur verte ?

Parlons en premier lieu de l'épreuve jaune :

Le jaune, étant complétement intercepté pour l'épreuve jaune, ne contribuera en rien à la décoloration de cette épreuve; en revanche, le bleu, malgré sa demi-interception, ne laissera pas que d'agir sur cette même épreuve comme une demi-unité de couleur, puisque nous le supposons émis à son maximum. Or, cette demi-unité est manifestement supérieure à la quantité de bleu qui agirait sur l'épreuve si la couleur verte, au lieu de former une couleur ternaire par son union avec un troisième élément, le rouge, n'était qu'une couleur binaire isolée émise à son maximum : car, dans ce dernier cas, ainsi que nous l'avons vu, les deux composantes de la couleur binaire ne formant à elles deux qu'une unité de couleur, et par suite n'agissant à elles deux, après leur réduction respective de moitié, que comme une demi-unité sur l'ensemble des deux épreuves correspondantes, il en résulte que chacune des deux composantes de la couleur binaire, isolée, émise à son maximum, n'agit sur l'épreuve soumise à son action que comme une quantité inférieure à une demi-unité de couleur. Conséquemment, la couleur bleue laissera subsister sur l'épreuve jaune, dont nous nous occupons, moins de matière colorante qu'elle n'en laisserait subsister si la couleur verte, dont elle est l'un des deux éléments, était émise à son maximum, mais isolée. Quant à la troisième couleur, le rouge, elle réunira son action, réduite, il est vrai, de moitié, à l'action du bleu sur l'épreuve jaune; et par suite la quantité de matière colorante conservée sur cette épreuve sera d'autant plus faible que l'émission du rouge sera plus grande.

L'épreuve bleue subira un travail de décoloration analogue à celui que nous venons de constater sur l'épreuve jaune : elle sera très-fortement décolorée par l'action de la couleur jaune; et le rouge produira sur elle un surcroît de décoloration d'autant plus fort qu'il sera émis plus abondamment.

Il suit de ce double travail de décoloration : 1º que les deux épreuves qui correspondent à la couleur binaire ne conserveront, dans leur ensemble, qu'une quantité extrêmement réduite de matière colorante; 2º que cette quantité sera de beaucoup inférieure à celle qui représenterait une couleur binaire, isolée, émise à son maximum; 3° que cette quantité sera en outre affaiblie par la troisième composante et d'autant plus affaiblie que celle-ci est émise en quantité plus forte.

Quant à cette troisième composante, le rouge dans notre exemple, l'épreuve qui lui correspond subira l'action simultanée des deux autres composantes, le jaune et le bleu, émises toutes les deux à leur maximum : malgré la réduction de moitié que le jaune et le bleu subiront l'un et l'autre, ils constitueront à eux deux, dans leur action sur l'épreuve rouge, une unité de couleur qui en fera disparaître totalement la coloration.

4e Loi. — Chaque couleur ternaire, considérée d'une manière absolue, c'est-à-dire indépendamment des proportions relatives des trois couleurs simples composantes, sera représentée, aux endroits voulus, sur l'ensemble des trois épreuves, par une quantité de couleur d'autant plus faible que, dans la nature, la couleur ternaire dont il s'agit est émise en plus grande quantité, et vice versâ.

En effet, moins sera forte la somme des trois composantes, considérées dans leur ensemble, moins à elles trois elles feront disparaître de matière colorante de l'ensemble des trois épreuves sur lesquelles toutes les trois agissent de la manière déjà décrite, c'est-à-dire chacune des composantes sur les deux épreuves dont la couleur ne lui correspond point.

Résultats de l'unification des trois épreuves.

Nous venons d'étudier les principales lois qui régissent, sur chacune des trois épreuves, la représentation des couleurs simples ou composées du sujet original.

Nos trois épreuves constituées comme il vient d'être dit, confondons-les en une seule, par superposition ou par incorporation, et appliquons sur un fond blanc la triple épreuve ainsi obtenue. L'effet de cette opération finale sera celui que nous avons déjà exprimé : On verra apparaître une image offrant toutes les couleurs, simples ou composées, et toutes les oppositions d'ombre et de lumière du modèle.

A son tour, l'explication de ce dernier phénomène est complexe. Pour le bien comprendre, décomposóns-le en ses divers éléments :

1° *Chaque couleur simple, isolée du sujet original, se reproduira sur les points correspondants de l'image définitive.*

En effet, chaque couleur simple, isolée, étant représentée, aux endroits voulus, sur l'épreuve de la même couleur (1re l. des c. simples), apparaîtra sur le fond blanc.

2° *Si une couleur simple, isolée, atteint dans la nature le maximum de quantité dont elle est susceptible, elle se reproduira seule sur les points correspondants de l'image définitive, et y apparaîtra dans toute son intensité et dans tout son éclat.*

En effet, les deux autres épreuves des deux autres couleurs ayant perdu presqu'entièrement, sinon entièrement, leur coloration (3e l. des c. simples), la couleur simple, isolée, dont il s'agit, s'appliquera pour ainsi dire seule sur le fond blanc (voir ci-après le commentaire du n° 11); et comme rien n'aura été éliminé de la matière colorante qui la constitue (2e l. des c. simples), son intensité et son éclat seront aussi forts que possible.

3° *Si une couleur simple, isolée, n'atteint pas dans la nature le maximum de quantité dont elle est susceptible, elle sera néanmoins représentée, sur l'image définitive, par toute la matière colorante de sa couleur; mais son éclat sera affaibli par les deux autres couleurs, qui l'éteindront partiellement par leur superposition ou leur incorporation, et réduiront son éclat au degré où il existe dans la nature.*

En effet, d'une part, la matière colorante qui représente, sur l'image définitive, la couleur simple, isolée, du modèle, sera, dans ce cas comme dans le précédent, conservée en entier (2e l. des c. simples); mais, d'autre part, les deux autres couleurs étant conservées sur leurs épreuves respectives en quantité d'autant plus forte que la couleur simple dont il s'agit est émise en plus faible quantité par le modèle (3e l. des c. simples), l'éclat de cette dernière sur le fond blanc subira, par l'effet de la superposition ou de l'incorporation de ces deux couleurs, une réduction d'autant plus grande qu'elles subsisteront en plus grande quantité, aux points correspondants, sur ce même fond blanc, et par suite cet éclat sera ramené au degré où il existe dans la nature.

4° Chaque couleur binaire, isolée, se reproduira sur les points correspondants de l'image définitive.

En effet, les deux couleurs composantes d'une couleur binaire étant respectivement représentées, aux endroits voulus, sur les deux épreuves des deux mêmes couleurs (1re l. des c. binaires), ces deux épreuves, en se confondant sur le fond blanc, reproduiront la couleur binaire dont il s'agit, et la reproduiront sur les points de l'image qui lui correspondent.

5° Si une couleur binaire, isolée, atteint dans la nature le maximum de quantité dont elle est susceptible, elle se reproduira seule sur les points correspondants de l'image définitive, et elle y apparaîtra dans toute son intensité et dans tout son éclat.

En effet, si la couleur binaire, isolée, atteint dans la nature son maximum, l'épreuve qui ne correspond à aucun des deux éléments de cette couleur binaire a perdu presque totalement sa coloration (5e l. des c. binaires); la couleur binaire apparaîtra donc pour ainsi dire seule sur le fond blanc (voir ci-après le commentaire du n° 11).

En second lieu, comme la quantité de matière colorante qui la représente sur l'ensemble des deux épreuves correspondantes se trouve sensiblement égale à la quantité de matière colorante qui existait sur l'une des épreuves avant l'action de la lumière (2e et 3e l. des c. binaires), il en résulte que la couleur binaire dont il s'agit se traduira à peu de choses près sur l'image définitive par l'unité de matière colorante, de même qu'une couleur simple, isolée, émise aussi à son maximum, et dès lors elle aura sur cette image la même intensité qu'une telle couleur simple, c'est-à-dire la plus grande intensité.

6° Si une couleur binaire, isolée, n'atteint pas dans la nature le maximum de quantité dont elle est susceptible, elle sera représentée, sur l'image définitive, par une forte quantité de matière colorante, qui pourra se rapprocher indéfiniment de la somme des quantités de matière colorante des deux épreuves avant l'insolation, et dont le minimum sera sensiblement égal à la quantité de matière colorante de l'une ou de l'autre des épreuves avant cette même insolation : toute la matière colorante formant excédant sur cette dernière quantité aura pour effet d'éteindre partiellement la couleur binaire sur l'image définitive, et de l'éteindre d'autant plus que cet excédant se rapprochera davantage du maximum ci-dessus déterminé; en outre, la troisième couleur, par sa superposition ou son incorporation, achèvera d'affaiblir l'éclat de la couleur binaire, et de le ramener au degré qui lui appartient dans la nature.

Le minimum et le maximum assignés par cet énoncé aux quantités de matière colorante qui représentent, sur l'image définitive, la couleur binaire, isolée, non émise à son maximum, découlent des 2e et 3e lois des couleurs binaires. Pour ce qui est de la troisième couleur, il faut se souvenir qu'elle a été, de son côté, conservée sur son épreuve en quantité d'autant plus forte que la couleur binaire était émise en quantité plus faible (5e l. des c. binaires).

7° Chaque couleur binaire du modèle se reproduira selon les proportions relatives des deux couleurs simples composantes (4e l. des couleurs binaires).

8° Les blancs du modèle seront reproduits, aux endroits voulus, par le fonds blanc de l'image définitive.

En effet, toute coloration, sur chacune des trois épreuves, ayant disparu de tous les points qui correspondent aux blancs du modèle (1re l. des c. ternaires), le fond blanc, en tous ces mêmes points, sera entièrement à découvert.

9° Les noirs du modèle se reproduiront, sur les points correspondants de l'image définitive, par la superposition ou l'incorporation des trois matières colorantes, entièrement conservées toutes les trois, et s'éteignant réciproquement sur le fond blanc; les gris du modèle se reproduiront par la superposition ou l'incorporation des trois matières colorantes, partiellement conservées et s'éteignant en quantité médiocre sur le fond blanc (même loi).

10° Toute couleur ternaire formée, dans la nature, de trois composantes émises en quantités inégales, et dont pas une ou pas plus d'une n'est émise à son maximum de quantité, se reproduira, sur les points correspondants de l'image définitive, par une couleur formée des trois mêmes composantes, toutes les trois conservées dans des quantités relatives proportionnelles à celles où elles sont émises par l'original (2ᵉ l. des c. ternaires), et elle apparaîtra conséquemment avec les intensités relatives des trois éléments qui la constituent dans la nature.

11° Si, parmi les trois composantes d'une couleur ternaire, il s'en trouve deux émises l'une et l'autre à leur maximum de quantité, la couleur binaire qu'elles constituent. à elles deux, sera seule représentée, sur l'image définitive, par la teinte binaire correspondante,. bien plus réduite de quantité que la teinte binaire qui représenterait une couleur binaire, isolée, émise à son maximum : grâce à cette réduction, et grâce à la disparition totale de la matière colorante qui correspond à la troisième composante, cette couleur binaire, placée sur le fond blanc, sera forcément ramenée à l'état de couleur très-claire qui lui appartient dans la nature (3ᵉ l. des c. ternaires).

Il est à remarquer que, pour être extrêmement faible, la quantité de matière colorante conservée ne laisse pas de paraître (comme couleur très-claire) sur le fond blanc, à la différence des quantités très-faibles de matières colorantes qu'une couleur simple ou binaire, émise à son maximum (voir les nᵒˢ 2 et 5 ci-dessus) peut laisser subsister sur les deux épreuves ou sur l'épreuve dont la couleur ne lui correspond pas : en effet, ces dernières quantités, à raison de leur faiblesse, ne sauraient apporter par leur superposition une altération à la couleur, en totalité conservée, qui représente cette couleur simple, ou à la teinte binaire, également très-abondante, qui représente la couleur binaire du modèle : cette superposition, et l'extinction imperceptible qui en résulte, ne peuvent avoir d'autre résultat, si tant est qu'il y ait un résultat appréciable, que de foncer tant soit peu la couleur dont il s'agit. Au résumé, les choses se passent convenablement en toute circonstance, et les résultats, meilleurs encore que la théorie, sont là pour le démontrer.

12° Toute couleur ternaire, considérée indépendamment des proportions relatives de ses trois éléments, se reproduira sur l'image définitive avec un éclat proportionnel à son éclat dans la nature.

Pour se rendre compte de cette douzième règle, il importe de remarquer que, dans la nature, une couleur ternaire a d'autant plus d'éclat que la somme de ses trois éléments forme une plus forte quantité; si bien que, dans le cas où les trois éléments sont tous les trois émis à leur maximum, ils constituent le blanc, la plus éclatante des couleurs ternaires. Après le blanc viennent immédiatement, d'une part, les gris clairs et, d'autre part, les diverses couleurs claires qui doivent leur nom à un ou deux de leurs éléments émis au maximum ou dans une proportion approchante : tels sont le rose, ou rouge clair, le vert clair, etc.

Cela posé, l'énoncé de notre douzième règle s'explique :

Plus, en effet, une couleur ternaire, dans la nature, gagnera en éclat par l'augmentation de la quantité des trois éléments qui la constituent, plus, sur le fond blanc de l'image définitive, elle gagnera en éclat par la diminution proportionnelle des quantités de matière colorante conservées (4ᵉ l. des c. ternaires) : de même et par-contre, plus la couleur ternaire, dans la nature, deviendra sombre par la diminution de la quantité de ses trois éléments constitutifs, plus, sur le fond blanc de l'image définitive, elle deviendra sombre par l'accumulation, toujours proportionnelle, des fortes quantités de matière colorante conservées (même loi), lesquelles s'éteindront réciproquement et partiellement, ou même en totalité, sur ce fond blanc.

Les douze propositions qui précèdent étant toutes démontrées, il demeure démontré par cela même que l'image définitive reproduira toutes les couleurs, simples, binaires ou ternaires, et aussi toute la gradation des clairs et des ombres du sujet original.

Le même phénomène de reproduction s'accomplira, si, au lieu de regarder cette triple image par réflexion sur un fond blanc, on la regarde par transparence à travers la lumière du jour. Il pourra donc se réaliser sous forme de *diaphanies.*

Clichés positifs et clichés négatifs. — Multiplication par la presse : gravures héliographiques, chromolithographies, etc.

Nous avons supposé jusqu'à présent nos trois épreuves monochromes formées au foyer même de la chambre noire, avec l'interposition de verres colorés. Mais il est facile de concevoir qu'on pourra également les obtenir à la lumière blanche, par l'intermédiaire de *trois clichés positifs*, dont chacun aura été lui-même obtenu avec l'interposition du verre coloré de l'épreuve à laquelle il correspond. La matière noire qui remplacera, sur chacun des clichés positifs, la matière colorante spéciale dont nous nous sommes occupé jusqu'à présent, sera distribuée, sur chacun d'eux, selon les proportions où, d'après les lois plus haut étudiées, la matière colorante spéciale serait distribuée elle-même sur chacune des épreuves correspondantes. Par suite, si chacun de ces clichés positifs est employé pour la pellicule de la coloration voulue, sensibilisée dans les conditions précédemment définies, cette pellicule subira le même travail qu'elle aurait subi dans la chambre noire. On obtiendra donc, au moyen de trois clichés positifs, n'offrant chacun que du noir, du gris et du blanc, trois épreuves monochromes, qui pourront toutes les trois se multiplier indéfiniment, et, par leur triple superposition, reproduire ce sujet un nombre illimité de fois.

Bien plus, au lieu de reproduire le modèle 1° par trois clichés positifs, 2° par trois pellicules monochromes préparées de manière à fournir, sous ces trois clichés positifs (comme du reste dans la chambre noire elle-même) trois épreuves positives, il est une autre combinaison qui donnera évidemment le même résultat, et qui consiste : 1° en trois clichés *négatifs*, 2° en trois pellicules préparées de manière à fournir, sous ces trois clichés négatifs, trois épreuves positives monochromes. Cette seconde combinaison, cette méthode négative, à laquelle nous donnons la préférence sur la méthode positive à raison d'une plus grande sûreté dans les résultats (rien ne vaut, du moins jusqu'à présent, les clichés négatifs aux sels d'argent) va être exposée dans tous ses détails pratiques : ce sera la matière du chapitre suivant.

Ne perdons jamais de vue que, sur chacun des trois négatifs, la matière noire sera distribuée à l'inverse de la matière colorante dont nous avons étudié la distribution.

Telle est, soit sous la forme négative, soit sous la forme positive, notre *Procédé indirect ou d'interversion,* ainsi nommé parce que chacune des épreuves monochromes y est obtenue, non point par l'action de la couleur qu'elle reproduit, mais par l'action des deux autres couleurs.

En associant à ce procédé les procédés connus de lithophotographie, de chromolithographie et de gravure héliographique, on obtiendra, soit directement, soit par l'intermédiaire de clichés positifs et négatifs, et toujours à l'aide de verres colorés, trois empreintes ou matrices, planches gravées, etc., engendrées par les rayons des diverses couleurs simples, et susceptibles de fournir par un triple tirage sur papier, étoffe, etc., un nombre illimité de tableaux héliochromiques constitués par trois encres de couleur.

On obtiendra encore, par le même système, des héliochromies émaillées et vitrifiées.

CHAPITRE III.

Description pratique du procédé indirect ou d'inter-version.

Pour fixer de mon mieux les idées du lecteur, et pour fournir à tout praticien le moyen de diriger en connaissance de cause la formation, soit immédiate, soit par l'intermédiaire de clichés, des trois épreuves monochromes constitutives de mes héliochromies, j'ai présenté une étude des principales lois d'optique en vertu desquelles s'opère cette formation. Le lecteur n'a pas été sans s'apercevoir de certaines anomalies qui sont venues modifier, au reste, d'une manière très-favorable (voir notamment le commentaire de la 3e loi des couleurs simples), certains résultats que l'application rigoureuse de quelques-unes de ces lois aurait dû déterminer. Ces anomalies ne sont pas les seules. Rien n'est plus compliqué ni plus rempli d'apparentes contradictions que les lois de l'optique, surtout dans leurs rapports avec les substances photogéniques. La description qui va suivre mentionnera quelques phénomènes d'un ordre particulier, qui, venant à l'encontre de certaines lois formulées au précédent chapitre, ont longtemps jeté une grande perturbation dans mes expériences, et dont il m'a fallu rechercher patiemment la cause afin de pouvoir les maîtriser et, mieux encore, les utiliser pour une fidèle reproduction de la nature : double résultat que, finalement, il m'a été donné d'atteindre.

Je vais donc décrire mon procédé indirect, tel que je l'applique, avec les modifications que la pratique a apportées à la théorie générale :

Je commence par me procurer, au moyen des sels d'argent, et par des opérations qui seront ci-après décrites en détail, mes trois clichés négatifs. Je les obtiens avec l'interposition d'un verre de couleur verte pour l'un, d'un verre violet pour le second et d'un verre orangé pour le troisième.

Mes trois négatifs obtenus, voici, d'une manière sommaire

et sauf à entrer également dans des détails spéciaux ultérieurs, comment je procède pour les positifs :

Je me sers de trois feuilles de mica, ou bien de trois pellicules de collodion, recouvertes toutes les trois d'une couche de gélatine bichromatée; sur la première feuille ou pellicule, cette couche de gélatine est enduite d'une matière colorante rouge; sur la seconde, d'une matière colorante jaune; sur la troisième, d'une matière colorante bleue. Les trois matières colorantes doivent être insolubles dans l'eau.

J'impressionne chacune de ces trois pellicules à la lumière blanche, sous un cliché différent, savoir : la pellicule rouge sous le cliché obtenu par le verre de couleur verte, la pellicule jaune sous le cliché obtenu par le verre violet, et la pellicule bleue sous le cliché obtenu par le verre orangé. Cette impression se fait par le verso de la pellicule, c'est-à-dire par le côté non préparé.

Ces trois pellicules étant ensuite immergées dans de l'eau chaude, les parties de ces diverses couches colorées qui n'ont pas été insolubilisées par la lumière, celles qui correspondent aux ombres des clichés, se dissolvent, tandis que les parties atteintes par la lumière se conservent, constituées, à partir de leur support, par une couche d'autant plus épaisse de gélatine colorée que les clairs du cliché sont plus transparents, et que par suite elles ont plus subi l'action de la lumière. J'obtiens ainsi mes trois positifs monochromes.

En appliquant ces trois positifs sur un fond blanc, et les faisant glisser les uns sur les autres jusqu'à ce que les contours des objets se correspondent exactement, opération du reste prompte et facile, on voit s'engendrer comme par enchantement un tableau offrant des colorations et des oppositions d'ombre et de lumière semblables à celles du modèle.

Pour maintenir la coïncidence et le contact des trois pellicules, il suffit de les coller les unes sur les autres et sur le fond blanc au moyen d'une colle transparente, ou de les conserver pressées sous un verre.

Si l'on désire avoir un tableau transparent, c'est-à-dire destiné à produire son effet étant vu à travers le jour (diaphanie), on colle simplement les pellicules les unes sur les autres; en outre, pour ne pas apercevoir, à travers ce tableau, les objets situés au-delà, on superpose aux pellicules une feuille de papier ciré, ou bien on se contente de les maintenir pressées entre deux verres dont l'un est dépoli.

Obtention des trois clichés négatifs.

Je me sers, pour les obtenir, du bromure d'argent, qui est, parmi les substances que j'ai expérimentées, la plus sensible aux couleurs peu photogéniques. Ces clichés, chose curieuse, ne paraissent pas pouvoir s'obtenir *par continuation*, du moins les clichés fournis par le verre de couleur verte et par le verre orangé; mais ils peuvent *se renforcer*, une fois que l'image, par une exposition suffisamment prolongée, est devenue apparente. Ce renforçage se fait au moyen des liquides qui servent, dans la photographie ordinaire, à développer ou révéler les images non encore visibles à raison du peu de pose. Il peut s'effectuer soit avant, soit après le fixage; mais effectué dans ce second ordre, c'est-à-dire après que le sel d'argent a été dissous par le fixateur, il m'a donné, somme toute, des résultats préférables.

J'emploie, ai-je dit, le bromure d'argent; j'ajoute qu'il est important de le mettre en présence d'un sel accélérateur. Voici, quant aux clichés sur papier, comment je les obtiens :

Je fais flotter les feuilles, pendant 4 ou 5 minutes, sur la solution suivante :

Eau distillée, ou de pluie......................... 100 gr.
Bromure de potassium........................... 5

Ces feuilles une fois sèches, je les sensibilise, au moment de m'en servir, en les faisant flotter chacune pendant cinq minutes sur un bain, dont voici la formule :

Eau distillée, ou de pluie................... 100 gr.
Nitrate d'argent........................... 20
Acide tartrique............................. 2
Acide citrique............................... 0, 5 déc.

Je fais sécher les feuilles, au sortir de ce bain, sans enlever l'excès de nitrate d'argent, et je les soumets, pendant quelques minutes, dans une boîte, aux vapeurs ammoniacales d'alcali volatil concret. Elles sont alors prêtes à être employées dans la chambre noire, où il faut avoir bien soin de tenir chaque feuille pressée entre deux glaces, pour empêcher l'humidité de l'air d'altérer la préparation : cette préparation est altérable en effet à cause de l'excès de nitrate d'argent qui se trouve dans le papier, et qui a l'avantage d'activer l'impression lumineuse.

Le cliché fourni par le verre violet peut s'obtenir, avec une certaine supériorité peut-être sous le rapport du modelé, par un papier préparé au chlorure d'argent; il suffit de remplacer, pour ce cliché-là seulement, le bromure de potassium du premier bain par un chlorure alcalin au même titre.

Les verres colorés doivent avoir tout juste l'intensité nécessaire pour donner des résultats suffisamment marqués; pour peu qu'ils deviennent foncés, ils absorbent une grande quantité de lumière, et rendent la pose beaucoup plus longue.

Le verre de couleur verte doit être d'une nuance telle que, sous son influence, les images des objets jaunes, celles des objets verts et celles des objets bleus s'impriment également bien en noir sur le bromure d'argent.

Le verre violet ne doit pas être précisément violet, mais d'un bleu violacé. Le verre bleu qu'on trouve le plus répandu dans le commerce est de la nuance voulue. Cette nuance devient nécessaire, parce qu'il se présente ici un fait physique en désaccord avec la théorie. Si l'on employait en effet un verre d'une nuance de violet telle que, sous son influence, les objets rouges, les objets violets et les objets bleus produisissent un égal noircissement du sel d'argent employé, bromure ou chlorure, on aurait un cliché où le jaune serait imprimé en noir, tout aussi bien que le rouge, le violet et le bleu, et qui fournirait conséquemment une épreuve jaune où les objets jaunes ne seraient pas plus représentés que les objets rouges, les violets et les bleus. Voici l'explication de ce phénomène : les objets qui nous paraissent être du jaune le plus pur émettent, en outre de la lumière jaune, une forte proportion de lumière rouge. Si ce rouge n'est pas appréciable à la vue, c'est que le jaune en dévore pour ainsi dire l'éclat par l'effet de son pouvoir éclairant beaucoup plus fort.

Mais ce rouge, pour échapper à notre vue, n'en existe pas moins; et si le verre violet se trouvait être d'un violet franc, c'est-à dire contenant une forte proportion de rouge, il en résulterait que le rouge contenu à l'état latent dans les ob. jets jaunes du modèle ferait son empreinte en noir sur le cliché, tout comme le rouge qui nous apparaît rouge dans la nature; et que, par suite, le positif jaune fourni par ce verre violet, au lieu de traduire par du jaune les objets jaunes, of-frîrait, aux endroits correspondants, une absence de coloration produite par le rouge contenu dans le jaune, tout comme s'il s'agissait d'objets rouges, violets ou bleus. Pour obvier à cet inconvénient, il faut employer un verre d'un violet presque bleu, sous l'influence duquel le bleu et le violet s'impriment fortement en noir, mais le rouge presque pas, ou même point du tout. A la vérité, le positif jaune que fournira le cliché obtenu avec ce verre presque bleu traduira par du jaune les objets rouges aussi bien que les objets jaunes du modèle, puisque le rouge sera presqu'aussi intercepté que le jaune; et, par suite, une fois les trois positifs superposés l'un à l'autre, les objets rouges du modèle se trouveront représentés non-seulement par le rouge du positif rouge, mais encore par le jaune du positif jaune. Mais il ne peut résulter de cette adjonction du jaune au rouge sur l'image définitive aucune altération de la représentation du modèle, et en voici la raison : la matière colorante de l'épreuve jaune n'est pas seulement jaune, elle contient du rouge à l'état latent. L'élément jaune de cette épreuve, en venant s'appliquer sur le rouge de l'épreuve rouge, se trouve éteint et absorbé, tandis que l'élément rouge, qui n'existait jusqu'alors qu'à l'état latent, apparaît dès qu'il se trouve superposé à une matière colorante rouge. Il se produit, en d'autres termes, une absorption du jaune et non du rouge. Ce phénomène rappelle celui que chacun a pu remarquer lorsqu'on superpose un verre jaune à un verre rouge; dans ce cas, en effet, la couleur du verre rouge n'est presque pas modifiée; pour que cette superposition produisît l'orangé, il faudrait que le verre rouge fût très-clair comparativement au verre jaune, c'est-à-dire d'une teinte rosée, afin que l'absorption du jaune ne fût que partielle. Il y a plus : dans la superposition du positif du rouge au positif du jaune, le jaune, loin de nuire au rouge, ne fait que le ramener à un ton plus vrai, attendu que le rouge lui-même n'est pas pur et se trouve souvent associé, quand il est peu foncé, à une certaine quantité de bleu. On a pu le remarquer, par exemple, pour le carmin, lequel, étendu en couche légère sur un fond blanc, paraît d'un rouge ou d'un rose légèrement violacé.

La teinte du *verre orangé* doit plutôt se rapprocher du rouge que du jaune. Pour en apprécier la raison, plaçons-nous successivement dans les deux hypothèses extrêmes, celle d'nn verre tout à fait rouge et celle d'un verre tout à fait jaune. Dans le premier cas, c'est-à-dire si le verre est exclusivement rouge, l'élément rouge contenu à l'état latent, mais en de très-fortes proportions dans la lumière émise par les objets jaunes, le traversera aussi bien et presqu'en aussi forte quantité que le rouge émis par les objets rouges; de sorte que l'image des objets jaunes s'imprimera presqu'aussi fortement en noir que celle des objets rouges; résultat à peu près satisfaisant, et qu'un léger excès de pose rendrait tout à fait irréprochable. Dans le second cas, c'est-à-dire si le verre est jaune, il laissera passer, il est vrai, en totalité : 1° La lumière jaune et la lumière rouge émises par les objets jaunes, puisqu'il se compose lui-même des deux mêmes éléments, le jaune et le rouge, ce dernier à l'état latent; 2° la lumière rouge émanée des objets rouges; mais cette lumière émanée des objets rouges formera évidemment une quantité inférieure à la somme des deux lumières, rouge et jaune, émanées des objets jaunes; de sorte que, avec le temps de pose nécessaire pour que les objets jaunes s'impriment convenablement sur le cliché, les objets rouges ne s'imprimeront que faiblement, d'autant plus faiblement que le bromure d'argent est moins sensible au rouge qu'au jaune. Un verre rouge devrait donc être préféré à un verre jaune. Mais, à son tour, un verre orangé très-rapproché du rouge doit être préféré à un verre simplement rouge, parce que cette couleur orangée, contenant un peu de jaune uni au rouge, laissera passer une fraction de la lumière jaune émanée des objets jaunes, et cette fraction, ajoutée à la lumière rouge émanée de ces mêmes objets, donnera une empreinte aussi forte que celle des objets rouges.

Les verres colorés peuvent être placés soit devant l'objectif, soit entre l'objectif et la surface sensible, soit même en contact avec celle-ci. On pourrait substituer aux verres colorés des liquides de couleur renfermés entre deux glaces.

Les trois clichés peuvent s'obtenir successivement avec un même objectif, ou simultanément au moyen de trois objectifs très-rapprochés les uns des autres. S'il s'agit de reproduire un paysage éclairé par le soleil, on fera usage de trois objectifs, et on aura soin de les ouvrir en même temps et de les fermer de même, afin que le déplacement progressif de cet astre pendant la durée assez prolongée de l'exposition, et les changements plus ou moins sensibles qui s'accomplissent dans la nature par l'effet de ce déplacement, produisent des ombres fondues identiques dans les trois clichés. En outre, pour que ceux-ci acquièrent dans un même laps de temps le même degré d'intensité, malgré la différence d'actinisme des rayons que les trois verres colorés laissent passer, je retarde la formation de deux de ces clichés en diaphragmant les deux objectifs correspondants; l'objectif qui correspond au verre bleu violacé doit être muni du plus étroit des deux diaphragmes, et il sera fait usage du second diaphragme pour l'objectif qui correspond au verre de couleur verte. J'achève d'égaliser la vigueur soit absolue, soit relative des trois clichés en les renforçant séparément, et les laissant chacun plus ou moins de temps dans le bain de renforçage.

Si l'on voulait obtenir des héliochromies de grande dimension, il y aurait inconvénient à employer trois grands objectifs, parce que leur écart amènerait, sur les trois épreuves, des différences notables dans les lignes de la perspective, du moins quant aux objets situés sur des plans rapprochés; il faut dans ce cas se servir de trois objectifs de médiocre dimension, qui donneront trois clichés sur verre, à l'aide desquels on se procurera ensuite, par amplification, trois positifs monochromes de la grandeur voulue.

Après une pose assez prolongée pour que, au sortir de la chambre noire, les trois images sur papier soient bien apparentes, quoique d'une faible intensité, je les fixe et je les renforce, ou bien je les renforce d'abord et je les fixe ensuite. Le fixage suivi du renforçage constitue la méthode qui m'a le mieux réussi, et que je vais décrire immédiatement sous le titre de première méthode.

1re Méthode. — A leur sortie de la chambre noire, je lave mes épreuves négatives à l'eau de pluie, pendant une demi-heure environ, pour enlever l'excès de nitrate d'argent, et je les fixe dans un bain d'hyposulfite de soude, où elles se dégradent et disparaissent presque complétement. Je les lave pendant une heure et demie environ à l'eau de pluie plusieurs fois renouvelée, et je les passe, pendant quelques instants seulement, dans une solution étendue d'acide nitrique. Je les lave encore pendant quelques minutes, après quoi je procède au renforçage.

J'opère ce renforçage au moyen d'une solution d'acide gallique, de nitrate d'argent, d'acide citrique et de l'une des substances suivantes : phosphate de soude, carbonate de soude, acétate de soude, acétate de plomb.

Quant aux proportions, elles sont très-variables. Je puis donner, mais à titre seulement d'indication, les proportions suivantes :

Eau distillée ou de pluie................ 100 cent. cub.
Alcool saturé d'acide gallique............ 4
Solution aqueuse d'acide citrique à 20 p. 100..................................... 2
Solution de nitrate d'argent à 2 p. 100... 2
Solution, à 5 p. 100, de phosphate de soude ou de carbonate de soude, etc...... 4

Dans ce bain, les épreuves non-seulement reprennent l'intensité qu'elles avaient avant le fixage, mais finissent par acquérir une grande vigueur. Pour les terminer, il ne reste plus qu'à les laver à plusieurs eaux.

Le passage préalable des épreuves dans l'acide nitrique étendu a pour but d'empêcher la formation d'un voile rougeâtre, qui ne manquerait pas de se produire pendant le renforçage. Sous peine de voir les demi-teintes rongées, il faut bien prendre garde de ne pas exagérer soit la force de l'acide nitrique, soit la durée de l'immersion. La solution que j'emploie généralement, et qui correspond à une immersion d'une minute, consiste en 5 cent. cub. d'acide nitrique sur 100 cent. cub. d'eau. Il va sans dire qu'au sortir de cette solution, les épreuves doivent être immédiatement lavées à l'eau pure, afin de les débarrasser le plus tôt possible de l'acide nitrique.

Quant au degré de vigueur, soit absolue, soit relative, où il convient d'amener chacun des trois clichés, c'est à la pratique et à l'expérience de le déterminer : ce degré de vigueur s'apprécie, et au besoin se rectifie et se corrige, pour chacun des clichés, non-seulement par le degré de vigueur où l'on amène les deux autres, mais par le degré où l'on amènera ensuite chacun des trois positifs monochromes : il y a là tout un ensemble de combinaisons qui laissent au praticien intelligent une latitude assez grande, et qui lui garantiront presque toujours, s'il sait habilement profiter de toutes ces ressources, une fidèle répartition de toutes les nuances de la nature sur l'image qu'il en obtient.

2e MÉTHODE. — Elle consiste, comme je l'ai déjà annoncé, à renforcer les épreuves avant de les fixer.

Dans cette méthode, comme dans la première, la pose doit être assez prolongée pour que, au sortir de la chambre noire, les trois négatifs soient bien apparents quoique d'une faible intensité. Je commence par les laver à l'eau pure, afin d'enlever les sels formés dans le papier par la réaction des vapeurs ammoniacales sur l'acide tartrique et sur l'acide citrique : sans cette précaution toute la surface du papier noircirait instantanément en arrivant au contact du réducteur. Je renforce ensuite les épreuves, en me servant de la même solution que dans la première méthode. Quand elles ont atteint la vigueur voulue, je les lave encore à plusieurs eaux pour enlever le développateur qui est resté dans le papier; finalement je procède au fixage à l'hyposulfite, puis au lavage qui doit toujours le suivre.

Cette seconde méthode offre un inconvénient : les épreuves prennent souvent une teinte rouge et peuvent, quoi qu'on fasse pour l'éviter, se voiler sous l'action des développateurs, surtout lorsqu'il s'est écoulé un certain intervalle de temps entre la sensibilisation et le renforçage.

Ici doit être consignée une particularité digne d'attention :

Les épreuves n'étant pas fixées, et par conséquent le sel

d'argent n'étant pas dissous au moment où s'opère, dans cette seconde méthode, le renforçage ou développement, il semble que l'on pourrait se contenter, comme dans la photographie ordinaire, d'une pose extrêmement courte, et que le développateur aurait le pouvoir, non-seulement de révéler les trois images, mais de leur donner un degré convenable d'intensité. C'est bien ainsi, en effet, que les choses se passeraient pour l'image fournie par le verre bleu violacé, et, jusqu'à un certain point, pour l'image fournie par le verre de couleur verte. Malheureusement il n'en serait pas de même, l'expérience me l'a prouvé, pour l'image fournie par le verre orangé : avec une pose tout juste suffisante pour que les deux autres images, ralenties d'ailleurs par les diaphragmes de leurs objectifs, parvinssent à l'intensité voulue sous l'action des développateurs, l'image que devrait fournir le verre orangé ne se révèlerait même pas sous cette action, malgré l'absence de diaphragme. Pour surcroît de singularité, on remarquerait que l'image fournie par le verre vert serait tout à fait identique, sauf un peu moins de vigueur, à l'image fournie par le verre bleu violacé, en ce sens que les objets blancs, ou bleus, ou violets, y seraient les seuls fortement imprimés en noir. Ces divers phénomènes proviennent de ce que les agents développateurs ne continuent dans toute leur puissance que l'action d'une seule des trois couleurs simples émises par la nature, à savoir l'action de la lumière bleue, laquelle traverse en partie le verre vert, en presque totalité le verre bleu violacé, mais en aucune proportion le verre orangé. J'ai observé enfin que, si ce dernier verre n'atteint pas un certain degré d'intensité, le développateur révèle, après une pose assez courte, une image qui est encore identique à celle fournie par le verre bleu violacé, circonstance qui s'explique encore par l'action de la lumière bleue dont ce verre orangé, à raison de son insuffisante intensité, a laissé passer une légère fraction.

Il suit de là que la seconde méthode, comparée à la première, n'a pas sur elle, quand il s'agit d'obtenir mes trois négatifs, l'avantage qui lui assure la préférence dans la photographie ordinaire, c'est-à-dire l'avantage d'une pose considérablement réduite; et comme elle offre moins de sûreté dans les résultats que la première méthode, c'est donc celle-ci qui doit prévaloir dans la pratique.

Les dernières expériences que je viens de consigner, faites non-seulement sur papier, mais sur des glaces préparées au collodion sec et humide, avec différents développateurs et des verres de couleurs variées, m'ont prouvé que, parmi les trois couleurs simples, le bleu est la seule qui communique à un degré éminent aux sels d'argent (iodure, bromure, chlorure) le pouvoir d'attirer les particules naissantes d'argent éliminées par les réducteurs.

Parmi les sels d'argent, j'ai choisi le bromure, parce que, sous l'action de la lumière rouge et de la lumière jaune, transmises toutes les deux par le verre orangé et la seconde par le verre vert, les images se forment moins lentement qu'avec un autre sel d'argent : d'où il suit que, nonobstant une pose moindre, la lumière aura assez avancé la formation des épreuves fournies par ces deux verres pour que les développateurs puissent leur donner l'appoint nécessaire, cette formation déjà avancée des deux épreuves étant du reste indispensable, comme je l'ai dit plus haut.

Malgré cet avantage particulier du bromure sur les autres sels d'argent, le temps de pose ne laisse pas d'être très-long, je dois le reconnaître, dès qu'on le compare au temps de pose des clichés photographiques ordinaires. Si l'on m'en demande l'évaluation, je dois déclarer qu'en faisant usage, pour mes clichés sur papier, des formules que j'ai indiquées, le cliché fourni par le verre orangé exige un minimum de pose de deux heures au soleil : minimum qui doit régler nécessairement la formation simultanée des deux autres clichés, ralentis par des diaphragmes. Le collodion, que je n'ai pas encore entièrement expérimenté au point de vue de mon procédé, paraît devoir donner des images plus rapides. J'ai mis en outre à l'étude un système particulier de continuation qui permettra, je l'espère, d'abréger beaucoup l'exposition à la lumière.

Les formules et les dosages ci-dessus indiqués pour l'obtention des négatifs sont ceux qui conviennent aux négatifs sur papier. Si je ne donne pas d'indications analogues pour les négatifs sur verre, c'est que, par l'effet des circonstances, je n'ai pas encore, je le répète, suffisamment étudié, d'une manière spéciale pour mon procédé, ces derniers négatifs; mais les praticiens comprendront que la base des opérations dans les deux cas est la même: il n'y aura de différence essentielle que dans les proportions des substances employées et dans certains détails de manipulations.

Enfin, j'ai indiqué les formules et les dosages qui m'ont le mieux réussi; mais en les indiquant, je n'ai pas entendu leur attribuer un mérite exceptionnel. Je serais peu surpris qu'on m'en signalât d'équivalents, peut-être même de meilleurs; et les progrès constants de la photographie peuvent, du jour au lendemain, me conduire à adopter pour moi-même et conséquemment à conseiller aux autres de nouvelles proportions ou dè nouvelles substances. Ce n'est point dans ces divers moyens opératoires, plus ou moins perfectionnés, que réside l'intérêt principal de ce mémoire. L'art nouveau que je propose consiste en effet à produire, dans des conditions très-spéciales il est vrai, mais par des préparations déjà usuelles ou tout au moins connues en photographie, préparations éminemment variables et perfectibles, les trois épreuves monochromes dont le mode d'obtention, par l'intermédiaire de trois milieux colorés, et la confusion en une seule image constitue surtout mon idée personnelle.

Cette observation s'applique aux autres opérations qu'il me reste à faire connaître.

Obtention des trois positifs monochromes..

On peut employer différents moyens pour colorer la gélatine bichromatée. Jusqu'à présent, j'ai procédé comme il suit:

Pour la préparation rouge, je fais une dissolution de carmin dans l'ammoniaque; j'y ajoute le bichromate et la gélatine; et il ne me reste plus qu'à dissoudre celle-ci par la chaleur, au moment où je veux étendre le mélange sur la feuille de mica ou sur la pellicule de collodion vitrifié. Après l'insolubilisation partielle de la couche par la lumière, l'image se dépouille au moyen d'eau chaude sans ammoniaque. (Ne point perdre de vue que l'insolation se fait par le verso.)

Pour faire la préparation jaune, j'étends de la gélatine pure
sur la feuille ou pellicule, et dès que la couche est prise en
gelée, j'immerge pendant quelque temps cette feuille ou pellicule dans une dissolution froide et très-étendue d'acétate
de plomb, ou bien je me contente de la faire flotter à la surface du bain, sur le côté où se trouve la couche; je la retire,
et après l'avoir fait égoutter, je la traite par une dissolution
étendue d'un bichromate. Il se forme alors dans la couche
un chromate de plomb insoluble (ou jaune de chrôme), et la
couche contient en outre un excès de bichromate qui sert à
sa sensibilisation.

Pour obtenir la préparation bleue, je délaie du bleu de
Prusse en pastille dans une dissolution tiède ou modérément
chaude de gélatine.

Le bleu de Prusse pourrait, de même que le jaune de
chrôme, se former par double décomposition dans la couche
de gélatine, une fois qu'elle est prise en gelée. Il suffirait de
traiter la couche, d'abord par un bain très-étendu de perchlorure de fer, et ensuite par un bain de prussiate jaune de
potasse, de la laver à l'eau pure pour enlever l'excès de prussiate de potasse, et de la sensibiliser ensuite dans un bain de
bichromate. On pourrait encore former le bleu au moyen de
deux bains successifs, l'un de protosulfate de fer et l'autre de
prussiate rouge de potasse.

Comme le jaune de chrôme est une couleur peu transparente, l'épreuve constituée par cette couleur doit être placée
au-dessous des deux autres et en contact avec le fond blanc.
Le jaune de chrôme est néanmoins assez translucide pour
pouvoir être employé dans les héliochromies destinées à être
vues à travers le jour.

Les quantités de matières colorantes à introduire dans la
gélatine pour avoir le modelé le plus convenable varient
suivant l'intensité des clichés, et suivant que les positifs eux-
mêmes sont destinés à être vus par réflexion ou par transparence.

Coup d'œil général sur les résultats.

L'impossibilité d'obtenir par les procédés rapides de continuation les clichés fournis par le verre de couleur verte et

surtout par le verre orangé, fait que mon système d'héliochromie ne peut pas être utilisé, du moins jusqu'à nouvel
ordre, pour le portrait d'après nature, mais seulement pour
les sujets inanimés (monuments, tableaux, paysages, fleurs,
etc.). En revanche, dans les limites où se trouve restreinte
son application, il est très-pratique, et assurément fort remarquable par ses résultats comme couleur, modelé et harmonie des effets. On est dédommagé de la durée de la pose
à la chambre noire par la célérité du tirage, en nombre illimité, des positifs monochromes. Cette multiplication indé-
finie de mes héliochromies leur assure, ainsi que l'inaltérabi-
lité, un avantage incontestable sur les héliochromies tentées
jusqu'à ce jour.

On peut, au moyen de mon procédé, se procurer par contact, à la lumière directe et sous des verres colorés, des reproductions opaques ou transparentes de diaphanies et de vi-
traux. Comme, en pareil cas, l'impression lumineuse est
beaucoup plus prompte que dans la chambre noire, il n'est
plus nécessaire, la plupart du temps, de recourir à des opérations de renforçage; on laisse les clichés négatifs se former
sous le châssis jusqu'à ce qu'ils aient acquis, par la seule influence de la lumière, une intensité quelque peu supérieure
à celle qu'ils doivent avoir après le fixage. L'épreuve que
fournit le verre bleu violacé peut se faire, avec avantage
quelquefois, au chlorure d'argent.

On aura des reproductions amplifiées d'objets colorés
transparents, au moyen de l'appareil d'agrandissement, ou
mégascope solaire.

Ainsi que je l'ai dit à la fin de l'Exposé théorique du Procédé, mes héliochromies pourront se multiplier par la presse
au moyen de trois encres de couleur, que le rouleau déposera
sur trois empreintes ou matrices, planches gravées, etc.,
engendrées par les rayons des diverses couleurs simples
directement ou par l'intermédiaire de clichés.

Je rappellerai également que mon système peut donner
des héliochromies émaillées et vitrifiées.

Il existe d'autres moyens que l'industrie pourra adopter,
dans une certaine mesure, pour fournir les trois positifs monochromes. Ainsi, au lieu d'avoir recours à des préparations

de gélatine bichromatée et colorée, on emploiera d'autres préparations déjà connues en photographie et susceptibles de donner des épreuves rouges, jaunes et bleues. Je citerai notamment le mélange de perchlorure de fer et d'acide tartrique, lequel, étendu sur une surface quelconque, n'est pas hygroscopique, mais le devient rapidement sous l'influence de la lumière, et acquiert ainsi la propriété d'attirer les poudres colorées impalpables qu'on promène sur cette surface. Je citerai encore le mélange de sucre avec un bichromate : ce mélange, à l'inverse de la préparation précédente, est déliquescent, mais devient sec à la lumière. En ce cas, on se servira de clichés positifs, qui devront être obtenus eux-mêmes par l'intermédiaire de clichés négatifs au bromure d'argent. On emploiera également le mélange de gélatine, de perchlorure de fer et d'acide tartrique, unis à une matière colorante, rouge, jaune ou bleue : ce mélange forme une couche insoluble, qui devient soluble sous l'action de la lumière.

CHAPITRE IV.

**Procédé direct. — Différentes formes sous lesquelles
il se réalise.**

Pour n'avoir pas, à mon avis, tout l'avenir du Procédé
indirect ou d'interversion, le Procédé direct, qui se réalise,
on va le voir, par diverses méthodes, ne laisse pas que d'offrir
un intérêt sérieux; et je ne serais pas surpris que les arts
et l'industrie parvinssent à en tirer un heureux parti.

1re MÉTHODE. — Dans cette première méthode, les trois
positifs monochromes sont constitués par les trois mêmes
couleurs, rouge, jaune et bleue, non plus transparentes,
mais opaques et *réfléchissantes*, formant les clairs de l'image,
laquelle devra être placée non plus sur un fond blanc, mais
sur un fond noir. Le blanc résultera, non plus de l'absence
de matières colorantes, mais de la réunion des trois couleurs,
étendues sur des pellicules transparentes ou sur des feuilles
de mica, en couches assez légères pour que chaque image
laisse voir celle qui est placée au-dessous. Les noirs, à leur
tour, ne seront plus constitués par la réunion de trois couleurs simples transparentes s'éteignant par leur superposition
sur un fond blanc, mais au contraire par l'absence de toute
couleur réfléchissante.

Pour produire cette sorte de tableau, il ne faut plus se
servir de verres de couleurs binaires, vert, violet et orangé,
complémentaires de celles des positifs; il faut se servir de
verres de couleurs simples : ainsi le positif rouge doit être
fourni par un verre rouge, le positif jaune par un verre
jaune, et le positif bleu par un verre bleu.

Ces trois positifs monochromes peuvent s'obtenir de deux
manières : 1° au moyen de pellicules recouvertes soit de
préparations incolores, mais susceptibles de devenir l'une
rouge, l'autre jaune et la troisième bleue sous l'action de la

lumière, soit de préparations de ces mêmes couleurs que la lumière insolubilise partout où elle frappe : dans ce premier cas, les images se feront soit directement au foyer de la chambre noire, soit indirectement par l'intermédiaire de trois clichés positifs, obtenus eux-mêmes directement, ou, ce qui vaut mieux encore, à l'aide de clichés négatifs au bromure d'argent; 2° au moyen de pellicules recouvertes de préparations, l'une rouge, l'autre jaune et la troisième bleue, douées de la propriété de se décolorer ou de devenir solubles sous l'influence de la lumière : dans ce second cas, les images devront se faire indirectement par l'intermédiaire de clichés négatifs. En outre, les rayons des diverses couleurs simples pourront, dans ce procédé comme dans le procédé indirect, servir à engendrer trois empreintes, planches gravées, etc., qui permettront de multiplier par la presse les héliochromies directes dont il s'agit.

La lumière rouge qui est émise en abondance par les objets jaunes pénètre le verre rouge; par suite leur image est presqu'aussi fortement imprimée sur le cliché du rouge et conséquemment sur le positif rouge que celle des objets rouges eux-mêmes. Cette circonstance ne nuit nullement au résultat; car le jaune du positif jaune, en venant s'appliquer sur le rouge du positif rouge lorsqu'on superposera les trois positifs, ne sera plus absorbé comme lorsqu'on superposait des couleurs transparentes sur un fond blanc; mais il dominera en vertu de son fort pouvoir éclairant, et le produit de la superposition, au lieu d'être le rouge comme dans le premier cas, sera le jaune. Ainsi donc, dans les deux circonstances, les choses se passeront convenablement : dans la première, les objets rouges restent rouges; dans la seconde, les objets jaunes restent jaunes.

Comme un verre jaune est très-perméable à la couleur rouge, et comme l'action du rouge sur le bromure d'argent, sans être aussi forte que celle du jaune, ne laisse pas d'être très-appréciable, il convient de se servir d'un verre jaune verdâtre. Si l'on employait un verre simplement jaune, la couleur des objets rouges serait fort altérée sur l'héliochromie par une certaine quantité de matière jaune réfléchissante, venant se superposer au rouge.

Le verre bleu doit être d'un bleu franc, et différer notablement de celui qu'on trouve le plus répandu dans le commerce, et qui est d'un bleu légèrement violacé.

Les positifs monochromes doivent, de même que les positifs directs sur collodion, être très-faibles, vus par transparence. En conséquence, la gélatine bichromatée doit être très-peu colorée; ce qui revient à dire que la couleur doit être répartie dans une couche relativement épaisse de gélatine. Les matières destinées à produire cette coloration doivent être particulièrement choisies parmi les substances minérales. On peut les former par double décomposition dans la couche même de gélatine, une fois qu'elle est prise en gelée, ainsi que je l'ai indiqué plus haut relativement au jaune de chrôme. On peut encore obtenir des couleurs réfléchissantes au moyen de trois couleurs transparentes. rouge, jaune et bleu, qu'on mêle à une couleur blanche minérale.

Les tableaux qu'on obtient par cette méthode sont assez pâles et d'un effet assez médiocre, si on les compare aux héliochromies dues au procédé d'interversion. Je dois ajouter que les blancs, sur ces tableaux, ne sont représentés en réalité que par du gris.

2e MÉTHODE. — On arrive à des résultats préférables, on réalise mieux le phénomène à l'aide d'un procédé d'optique très-curieux. Ce procédé consiste à faire trois clichés au bromure d'argent, en se servant de trois verres, rouge, jaune et bleu; au moyen de ces trois clichés on se procure trois positifs ordinaires, c'est-à-dire incolores, par le procédé au charbon sur pellicule; puis on applique chacun de ces trois positifs sur un fond offrant la couleur du verre qui a servi à obtenir le cliché. Ce fond peut être opaque, comme aussi il peut consister en un verre coloré, si l'on désire éclairer l'épreuve par transparence. On a de cette manière trois positifs monochromes analogues à ceux que fournit la méthode précédente: dans l'un, le rouge et ses composés, y compris le blanc, sont représentés par du rouge; dans le second, le jaune et ses composés, y compris le blanc, sont représentés par du jaune; et dans le troisième, le bleu et ses composés, y compris le blanc, sont représentés par du bleu. Dans les trois épreuves, les ombres sont représentées par du noir.

Si l'on projette les images de ces trois épreuves sur une surface blanche au moyen de trois lentilles, placées de telle sorte que les trois images se superposent exactement, on voit apparaître sur l'écran une image polychrome, qui est la représentation fidèle de la nature.

Pour confondre les trois épreuves en un seul tableau, on peut remplacer l'appareil polyoramique à trois lentilles par un appareil composé de trois glaces sans tain, situées les unes derrière les autres par rapport à l'œil du spectateur, auquel elles envoient chacune par réflexion une épreuve différente. Pour éviter que l'image de chaque épreuve se dédouble par sa réflexion sur les deux faces parallèles de la glace correspondante, il est nécessaire de disposer entre l'épreuve et la glace une lentille convergente, ou verre d'optique, dont le grossissement aura pour effet de placer l'épreuve à une distance telle que ce dédoublement devienne insensible.

3ᵉ Méthode. — Enfin, il existe une dernière méthode par laquelle la triple opération se fait sur une seule surface. Le tamisage des trois couleurs simples s'accomplit, non plus au moyen de verres colorés, mais au moyen d'une feuille translucide, recouverte mécaniquement d'un grain de trois couleurs.

Concevons en effet un papier dont la surface est entièrement recouverte de raies alternativement rouges, jaunes et bleues, aussi minces que possible, d'égale largeur et sans solution de continuité. Ce papier étant vu de très-près, on distinguera les trois couleurs des raies; mais, à distance, elles se confondront en une teinte unique, qui sera blanche si on la regarde par transparence, et grise si on la regarde par réflexion (en supposant du moins que l'éclat relatif de ces trois sortes de raies ait été combiné de manière à ce qu'aucune d'elles ne domine); et si on reçoit sur ce même papier l'image de la chambre obscure, cette image, vue à distance, sera la même que si le papier était réellement blanc.

Or, un papier de cette espèce jouit de la remarquable propriété de fournir, soit par un travail d'artiste exécuté au crayon noir, soit par la lumière à l'aide des procédés directs ou indirects de la photographie ordinaire, un tableau dans lequel les couleurs naturelles sont reproduites avec un certain degré de vérité.

Supposons que l'on veuille, sur ce papier, qui présente vu à distance une teinte neutre uniforme, faire naître, par exemple, une coloration rouge; il suffira de couvrir de hachures, au moyen d'un crayon noir foncé, les raies jaunes et les raies bleues. Veut-on obtenir la teinte violette : on éteindra de la même manière les raies jaunes, sauf à affaiblir, si l'on veut, le trop grand éclat du violet (trop grand, puisqu'il est dû à deux raies à la fois), en ombrant légèrement au crayon les raies rouges et les raies bleues. Pour produire le gris, on atténuera l'éclat des trois raies; pour ce qui est du noir, il s'obtiendra naturellement par leur extinction totale.

Ce qu'une main intelligente a tracé sur ce papier, la nature peut le produire par ses seules forces. En effet, imaginons que l'on recouvre la surface de ce papier, du côté où sont imprimées les raies, d'une préparation qui donne directement sous l'influence de la lumière une épreuve positive, et que l'on reçoive sur son verso, c'est-à-dire sur le côté non recouvert de raies, l'image de la chambre obscure : il arrivera que les trois couleurs simples se tamiseront à travers ce papier, et formeront chacune leur empreinte positive, c'est-à-dire leur empreinte en clair, sur la raie de couleur correspondante; et les trois empreintes se formeront avec la même rapidité, malgré l'inégal degré d'actinisme des trois couleurs simples, si l'on a eu le soin de donner à chacune des trois sortes de raies une translucidité relative inverse du pouvoir photogénique de ces mêmes couleurs sur la préparation employée. Cette inégale translucidité peut être produite au moyen de raies sombres exécutées préalablement sur le verso de la feuille; et le moyen le plus simple d'obtenir ces raies sombres consiste à sensibiliser négativement, au chlorure d'argent par exemple, le verso de la feuille, et à exposer le recto à la lumière diffuse jusqu'à ce que celle-ci ait formé par son action inégale à travers les diverses sortes de raies colorées des raies sombres possédant les degrés d'opacité voulus.

Pour rendre tout à fait pratique cette méthode des trois raies, il faut employer de préférence, comme auxiliaires, les procédés indirects de la photographie ordinaire. On aura, une fois pour toutes, une pellicule unique, ou feuille de mica, recouverte, sur un côté, de raies rouges, jaunes et bleues, de couleur intense, et sur l'autre côté, de raies inégalement sombres. On se servira alors de cette pellicule comme tamis pour obtenir sur d'autres surfaces, mises en contact avec elle (papier, verre, etc.), des clichés négatifs au bromure d'argent. Chacun de ces clichés fournira à son tour des positifs de couleur noire au charbon sur pellicule, verre ou mica, etc., et il ne restera plus qu'à appliquer chacun de ces positifs sur une surface opaque ou transparente, recouverte mécaniquement de raies rouges, jaunes et bleues, correspondant une à une par leur position aux raies de la pellicule qui a servi au tamisage des rayons de couleurs simples.

Les raies colorées peuvent être exécutées soit par des procédés purement mécaniques ou chimiques, tels que la chromolithographie, soit par la photographie elle-même au moyen d'écrans noirs à raies transparentes, réduites par la chambre noire, et au travers desquelles on exposera à l'action de la lumière des préparations de gélatine (ou gomme, albumine, etc.) bichromatée et colorée.

Les trois sortes de raies, au lieu d'être imprimées sur une même pellicule, peuvent, pour plus de facilité, s'exécuter sur trois pellicules, qu'on superpose ensuite de manière à produire la juxtaposition des raies.

Les raies jaunes doivent être remplacées, sur la pellicule tamis, par des raies d'un jaune verdâtre. J'en ai dit ailleurs la raison.

Il ne faut pas s'imaginer que les raies, pour produire l'effet voulu, doivent devenir invisibles soit par leur exiguité, soit par la distance à laquelle on se place. Lors même qu'on distingue les couleurs composantes, l'œil n'en apprécie pas moins les teintes d'ensemble. C'est ainsi que les hachures d'un dessin et les traits de burin d'une gravure disparaissent à distance, et que de près ils n'empêchent pas de saisir l'ensemble et l'harmonie de l'œuvre.

———

Je ne terminerai pas ce mémoire sans signaler une application scientifique importante :

C'est en essayant de reproduire le spectre solaire par mes

divers procédés, qu'on reconnaîtra s'il est réellement constitué par autant de couleurs simples qu'il y a de réfrangi-
bilités, ou s'il est formé par une trinité de trois spectres,
rouge, jaune et bleu, superposés, et dont le maximum d'intensité correspond à des points différents.

(N. B. — Il y a nécessité de se munir d'une *licence* pour
pouvoir *exploiter*, sous l'une ou l'autre de ses diverses formes, le système d'héliochromie exposé dans ce mémoire, ce
système étant l'objet d'un brevet pris par l'auteur le 23
novembre 1868).

AUCH, IMPRIMERIE ET LITHOGRAPHIE F. FOIX.

TABLE DES MATIÈRES.